U0120821

无言的战友

消防员与搜救犬

傅宁军 著

江苏凤凰教育出版社

傅宁军

国家一级作家
中国作家协会会员
中国作协报告文学委员会委员
中国报告文学学会理事

主要作品：
长篇报告文学《淬火青春》《大学生村官》《此岸，彼岸》
《心中的旗帜》《永不言弃》
长篇纪实文学《悲鸿生命》《李敖大传》《南京先生》

曾获：
中共中央宣传部“五个一工程奖”
江苏省“五个一工程奖”
徐迟报告文学奖
江苏省紫金山文学奖等

作品曾入选“向全国青少年推荐百种优秀出版物”

您是否还记得2008年5月12日的四川汶川地震?

那一年，突如其来的灾难之后，各路救援力量齐赴汶川，其中也包括67只搜救犬。它们转战了5个重灾区，不知疲倦地搜救了10天10夜。废墟之上，它们的爪子被磨得血迹斑斑，可仍一步步地前行搜寻，只为废墟之下等待的生命。

这67只搜救犬之中，就有我们书中所记录的冰洁和沈虎，请记住它们，记住这些无言的英雄们!

英雄的背影

冰洁　黑贝　沈虎　凌霄　无敌　……

冰洁，最高光的时刻是在 2008 年汶川地震救援中搜救出 13 条生命。

它的履历不仅仅如此，2008 年冰雪灾害、2010 年“7 · 28”原南京塑料四厂丙烯管道爆炸事故、2014 年“8 · 2”昆山特别重大铝粉尘爆炸事故等抢险救援的第一线，都有它的足迹。

我们无法体会冰洁高强度救援后的身体疼痛，只能在训导员欧阳洪洪每天的精心照料中感受那份脆弱：食物要用羊奶泡软，药物要定时涂抹，甚至要服用一些止疼药。

2021 年 10 月 2 日 11 时 47 分，冰洁离世，享年 14 岁，相当于人类的 96 岁。它的一生，用无言说出了大爱，用行动诠释了忠诚。

冰洁

2021年10月2日11时47分
汶川地震救援中的最后一只搜救犬冰洁离世
享年*14*岁

沈虎，原名小黑，它临危受命，参与汶川地震救援行动，与消防员携手相伴、并肩作战。经过14天的拼死搜救，它在废墟里成功定位了15个幸存者的位置。

在紧急救援的日子里，沈虎因吸入大量粉尘和运动量过大，患上尿结石，心肺也受到损伤，身上还被钢筋、水泥划伤数次。从汶川回来后，沈虎仍多次参加搜救行动与比赛，续写了自己的荣光。

沈虎是第一只和训导员一起退役的搜救犬。他们退役的3年后，2019年9月29日，沈虎因病离世，再过4个月，就是它14岁的生日了。

2020年5月12日，南京消防救援支队举行了沈虎雕像的落成典礼，退役训导员沈鹏与沈虎含泪“重逢”。沈虎以另一种方式，与战友们相伴永远。

沈虎

2019 年 9 月 29 日 23 点整
参与汶川地震救援的搜救犬沈虎离世
享年 13 岁零 8 个月

■ 透过残砖废瓦的缝隙，搜寻生命迹象。

江苏消

■ 需要就是号令，哪里危险，就奔向哪里。

苏消防
5幢
消防搜救

消防搜救犬站如一个温暖的大家庭。

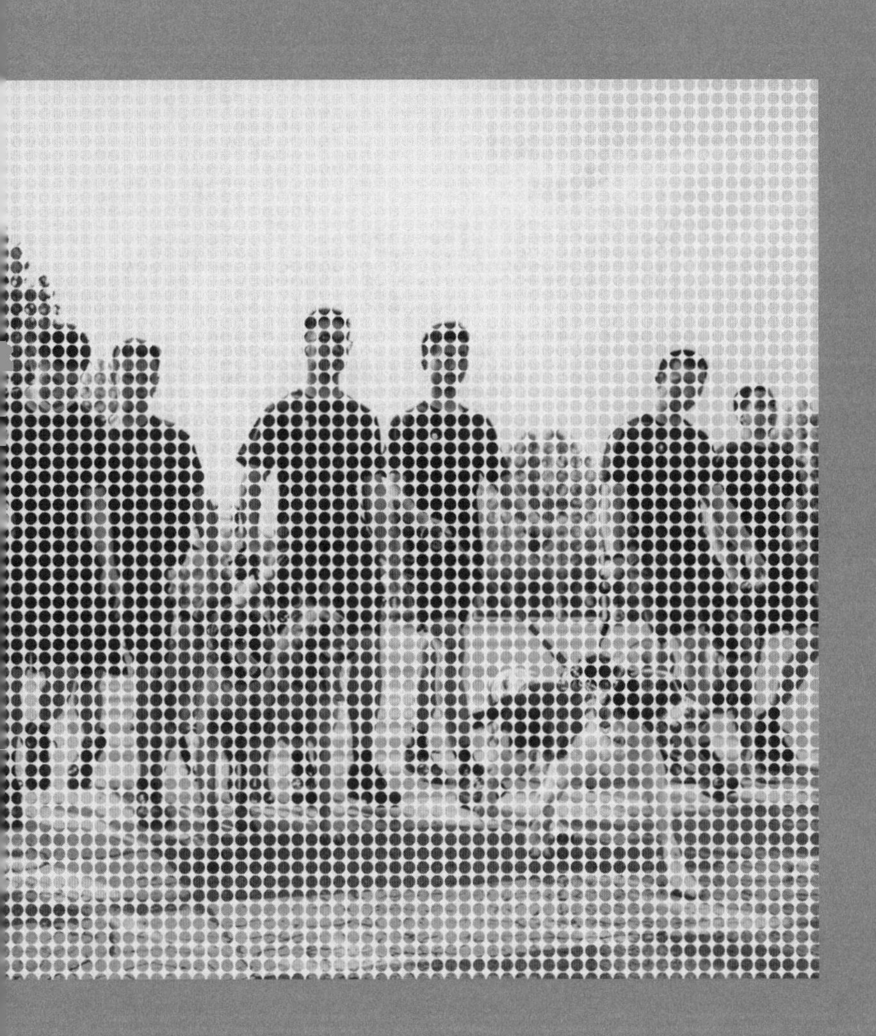

■你笑起来真好看！

目标，在正前方！

■ 你说什么，我都听得懂。

搜救犬累了，就在训导员身上趴一会儿。

训练间隙的抚摸，是给狗狗最好的奖励。

抱不动了，小不点成了大块头。

目录

引子 他们与它们

“萌娃进消防”，一听到这个活动的名称，小朋友就非常向往，赶紧报名。在暑假南京小学生的活动中，有什么比到消防营地更有意思的呢？

消防员叔叔多精神呀，而且他们还有最亲密的伙伴，就是那些神气活现的狗狗，那些和消防员一起冲锋陷阵的搜救犬！

顺便说一下，南京消防搜救犬站仅与南京栖霞区仙林羊山公园一墙之隔。仙林如今是一个异常繁华的主城区，道路纵横交错，高楼鳞次栉比，人来人往，小朋友跟着爸爸妈妈去商场逛街，上电影院看电影，到游乐场游玩，哪里知道旁边就有一个藏龙卧虎的消防救援单位呢！

小朋友们一走进这个笼罩着神秘色彩的大院，就“哇”地齐声喊，兴奋得手舞足蹈。他们看到了明光瓦亮的红色消防车，看到了宽阔敞亮的训练场，还看到了威武的消防员叔叔和勇猛的搜救犬，这些狗狗都好帅气哟！

小客人们的眼睛都忙不过来了：一排刷得雪白的犬舍整齐地立在蓝天之下，墨绿色的训练场与绿草如茵的山坡连成一片。

毛色如金光赤炎的搜救犬身姿矫健，它们绕过障碍，扑向铁圈，蹿向箱体，与皮肤黝黑、身材健硕的消防员们一齐奔跑。

这是一对对的完美组合，消防员与搜救犬，他们跳跃，他们嬉戏，他们严肃地训练，他们亲昵地碰触，口令声、呐喊声和犬吠声此起彼伏，如一段激越昂扬的铿锵乐曲。

"请大家注意，我们要选两位小朋友，一位男同学，一位女同学，来参加我们的箱体搜救任务！"

发出邀请的是班长欧阳洪洪，他是一位老消防员，也是一位老训导员，与搜救犬打交道经验丰富，关键时候总是冲在前面。此时，他和颜悦色地让年轻的训导员出场，和小朋友玩躲猫猫的游戏。

一位穿着粉色 T 恤的小姑娘和一位穿着运动衫的小男孩被幸运选中参与箱体搜救任务，消防员分别把他们俩藏进两个铁皮箱子里。

主角是搜救犬，它们要在最短的时间内找到隐藏起来的目标。等两个同学藏好了，主持人示意搜救犬出场。

一只毛色黑棕的马犬冰清被训导员带上场地，口令一出，冰清顿时像射出的羽箭，从草坪上飞速闪过，冲向搜救箱。

到了七零八落的铁皮箱子近前，它低头嗅了嗅，很快停在一个铁皮箱子面前，昂首发出了洪亮的犬吠。

训导员收到示警后，打开搜救箱。

小男孩吐着舌头钻了出来："搜救犬太快了！真厉害！"

又一只搜救犬对着另一个铁皮箱狂吠。

小姑娘钻出来时一脸惊讶:“真是一场有趣的‘躲猫猫’游戏!”

让小朋友目不暇接的精彩还在后面呢!

班长欧阳洪洪招呼他的爱犬夏天给大家展示它的技能。夏天是只毛色棕白的史宾格犬,耳朵长长的,耷拉在脑袋两边。

当欧阳洪洪向小朋友介绍它时,它很是淡定。

这只名叫夏天的搜救犬被这么多小朋友围着并不慌张,而是沉着地盯着它的主人,那神情好像是班长的忠实听众。

当欧阳洪洪发出“走”“卧”“立”的口令,它会迅速做出回应,摆出不同的姿态。走起来时,迈开八字步,逍遥自在;卧下去时,缩着身子,一动不动;立起来时,两条前腿下垂,悬在半空,两条后腿稳稳地立在地上,毫不费劲地支撑起毛茸茸的身体。

现场顿时响起了爆竹般的掌声!

一番“忠诚度”的表演,比任何语言都更能说明狗狗与主人那种不离不弃的深厚情感。欧阳洪洪又给孩子们介绍了其他消防员,每个消防员都有自己的爱犬。很快,孩子们就认识了这些品种各异却又生龙活虎的搜救犬们:神勇的无敌、欢快的大毛,摆老资格的冰洁……

孩子们的眼睛如星星般闪闪发亮,开心地打量着这样一个人与犬的世界。听欧阳班长介绍,每一只搜救犬都为人类立下了赫赫战功,每一位训导员都与自己调教的狗狗有一段难舍难分的情谊。

消防员与搜救犬之间,有人对犬的关爱,更有犬对人的忠诚,像一条情感汇成的河流,毫不掩饰地在训练场涌动。

孩子们的心里有一个个大大的问号:

狗狗生来就这么厉害吗?

它们是怎么成为搜救犬的?

它们为什么能得到消防员的信任?

狗狗听得懂消防员所有的话吗?

它们为什么能不怕危险去救人?

消防员为什么说到狗狗就眉飞色舞?

欧阳洪洪告诉大家,我们说什么狗狗都懂。

是的,狗狗是通人性的,最讲义气。

消防员和狗狗是生死相依的兄弟。

在消防员的意识里,狗狗是他们无言的战友!

缘分

一 ……汪……

高手

2007年9月,酷暑悄无声息地走了,迎来了枫树焦红的深秋。梧桐袒露着光滑挺立的枝干,翠绿的叶子一片一片泛黄。阳光照在训练跑道旁的草地上,给所有的草梢和落叶抹上了古铜的色釉。

此时,在这微寒的天气里,在紧挨古老城墙的消防搜救犬培训基地,参加培训的小伙子们脱下运动服,套上橘黄色的消防服,他们透出青春的朝气,脸上也红扑扑的,还冒着热气!

原来,主管培训的老师有个绝招,上课前先带出去跑步,三公里下来,冷风里舒展了筋骨,浑身也会变得热乎乎的。

人们常说,江南的秋天特别短暂。漫长的夏季刚刚过去,入秋的季节转换之间,清早就有了丝丝寒意,不穿毛衣还抵挡不了,初冬的感觉扑面而来。可是,草坪上此起彼伏的掌声却散发着滚滚热浪。

草坪中央的主讲人,是身着作训服、眉目俊朗的陈教官。这位帅哥可是资深的训犬专家,写过训犬的教材,还给不同类型的训导员讲过课。这不,他今天面对的,就是一批新来的消防训导员，而他要从基础知识讲起，当众演示训犬的技巧。

一只毛色黑棕的搜救犬一跃而出，在陈教官的身边转悠，它的眼神看起来攻击性很强，眼睛也在发光。

“黑豹，上！”

随着一声响亮的口令，陈教官拿起一个塑料圆球，用力抛向远处，球在空中划出一道长长的抛物线。

这时，那黑棕色的影子疾如闪电，从原地“嗖”地蹿出，撒开腿飞奔而去，抢在塑料圆球落地前，一口把球衔在口中，又飞奔回陈教官的身边。

“厉害，指哪儿打哪儿！”

“好样的，真帅！”

围坐在草坪边缘的学员们惊叹连连。

欧阳洪洪和司凯拍手喝彩，他们是来自南京消防救援支队的年轻消防员，成为训导员的时间不长，要想带出合格的搜救犬，还要学很多东西。这次，他们参加消防搜救犬培训基地的培训班，好胜心时时在内心里奔涌，可一向不服输的他们对于比自己还厉害的强者，却由衷地佩服。

刚刚在赛场上一展雄姿的那只猛犬，在与陈教官对视了片刻后，随即就换了一种姿态，它挺立的身体一下子变得柔软起来，还亲昵地将头向陈教官伸过去，在他的裤腿上蹭着，并像个孩子一样乖乖地趴下身来，让他轻轻抚摸。

外行看热闹，内行看门道。来当学员，当然不是来看热闹的，这些年轻的消防员看着这个神奇的老师，还有这只神奇的狗狗，感受到了训导员和搜救犬的心有灵犀，这是一种绝对信任的亲密关系。

老师的示范课让学员们大开眼界。

陈教官和搜救犬的互动还在进行，最后一招是令行禁止，也就是说，主人不仅可以让狗狗做什么，还可以让狗狗不做什么，执行命令不打折扣，这让新学员们叹为观止。一位训导员端来一盆香喷喷的肉骨头，直接走到赛场上的狗狗跟前，摆在它的嘴边。这时，学员们可以清晰地看到搜救犬眼中的光。狗狗看到肉骨头后，不由自主地伸出了舌头，连哈喇子都顺着嘴边流了下来。

陈教官摇了摇手："黑豹，不动！"

这似乎也太残酷了吧！一只看到肉就眼红的搜救犬，能抵挡住眼前的诱惑吗？谁知狗狗居然真的把头瞥向一边，强迫自己不去看那盆肉，甚至连一口肉汤都没喝。

司凯跷起了大拇指："神了，神了！"

"那么有气势的狗，叫起来凶得像只狼，明明是肉食动物，香喷喷的红烧肉放在跟前，不让它吃，它就不吃！"欧阳洪洪的点评头头是道。

"你说，我们将来训的狗也能听话吗？"

“当然,必须的。”

“嘿,带劲!”

“你别看陈老师完成得轻松,平时肯定下了很大的功夫,训练搜救犬可没看上去那么简单。”显得更加沉稳的欧阳洪洪不但看到了陈教官的训犬绝招,而且看到了陈教官训犬背后所付出的艰辛努力。

一脸兴奋的司凯不由得思索起来:“有道理,说是练犬,其实是练人啊!”

欧阳洪洪小声地分析给司凯听:“听老师说,一个看似简单的动作,往往要重复几百遍甚至上千遍呢!”欧阳洪洪边看边想,显得老成多了,“我们只有坚持做下去才会知道,这可不是养狗玩,而是一项很有难度的工作。”

“哇!”司凯吐了吐舌头。

他们又把目光转移了回去。

这时,陈教官结束了训犬的现场演示,转而分享人与犬相处的心得:“大家刚才看过我的犬后,有什么感受呢?”

“陈老师,你的黑豹很有天分啊!”

“陈老师,你会魔术吗?”

“黑豹只是一只普通的犬,我也不是魔术师。你们将来只要努力,也会与犬融为一体的!”

热烈掌声里洋溢着敬佩与向往。

陈教官明白大家还有疑问。

“可能有人会惊讶，我们的搜救犬为什么会这样听话？它们为什么既能像消防员一样做到令行禁止，又能像侦探一样机智地追踪线索？这哪里是搜救犬，它们简直就是一群真正的士兵！可你们知道吗？这些搜救犬在六个月到十个月大的时候，就开始接受我们的搜救犬训练了。”

“这么小的狗就可以接受训练？”

“这么大的狗就是个少年啦！”

大家都有些怀疑。

“陈老师，你给我们讲讲吧！”

学员们似懂非懂，急切地寻找答案。

“对，狗的发育很快，六个月到十个月的搜救犬就像一个刚入小学的孩子。”陈教官笑了笑，继续讲解道，“刚入小学的孩子处在什么样的阶段？是思想最单纯的时期，也是学习能力最旺盛的时期。如果是小一些的犬，智商和能力就有些欠缺；如果是大一些的犬，它们接触的信息变多，像叛逆期的青年，就不好管教。六个月到十个月的搜救犬就像一张白纸，可以用画笔画出最美的图画。”

“陈老师，那带狗岂不是像带娃？”

“我们大男人，哪会带孩子？”

这一个个问题，引起了哄堂大笑。

陈教官并没有笑:“这个比喻没错嘛!”

转入正题,课堂气氛变得严肃起来。

“我知道你们在座的老训导员已经开始训练搜救犬了,而新来的训导员也要去挑选适合你们的搜救犬。当你们领来了属于自己的搜救犬,就可以把它想象成自己的孩子。”

“用带孩子来比喻带犬,说明带狗狗绝对不能马虎,得精心照料。刚出幼儿园的孩子就要上小学了,幼稚、单纯、懵懂,可能还有点儿叛逆,就看你怎么带了。”

“老师,犬不会说话,咋办?”

“这位同学提的问题很好,一只犬是不会说话的,但是我们作为训导员,要从它身上读懂它所表现出的特有信息。”

陈教官有备而来,耐心地解答着大家的问题。

“老师,我们要当心理学家吗?”

“老师,怎么能跟搜救犬对话?”

陈教官说:“要有一双懂犬的眼睛。我还是用你们熟悉的名词‘狗狗’吧!狗狗是很聪明的,我们要学会察言观色。”

“比如,观察犬的眼睛,就可识别犬当时的情绪和身体状况。我们都听说过‘狗眼看人低’,这好像不是什么好话,其实不然,犬的眼睛乍一看都差不多,其实是变化多端的,犬的眼睛实际上会说话呢!

“犬满意的时候,它的眼睛会发亮;不满意了,它的眼睛会呆呆的。在不确定的情况下，它时常会看着它的训导员，好像在请求确认或等待指示。它在口渴或疲倦时也会看着它的训导员，这时你会看到一只气喘吁吁的犬，它的舌头会从嘴里伸出来，眼睛里会流露出一丝疑问的神情。

“当然，观察搜救犬的耳朵，也会得到非常有用的信息。犬的耳朵非常灵敏，它可以结合头部的转动来定位声音。耳朵歪着，耳朵直立，耳朵的位置，耳朵与身体的配合，都有着特别的意思。

“耳朵立起的犬是在捕捉声音，此时的它耳朵是朝前打开的，以提高注意力。耳朵竖直的犬，说明对某个事物感兴趣，表现为自信、专注。耳朵朝一个特定的方向转动的犬，表示要定位感兴趣的声音。侧耳倾听的犬，表示怀疑、不确定。如果犬背后的毛直立，而且在咆哮，说明它已做好攻击的准备了。

“总之，要完全读懂一只犬，请注意它的全貌，包括身上各个器官的变化，以及它的行为表现和肢体语言。

“训练过程就像培养孩子一样，要严格控制它的行为习惯。训练方法也要科学，不能太刺激它，不能总打骂它。要建立奖惩机制，进行阳光教育、开心教育，让它像孩子一样成长、成才！”

在又一次响起的掌声里，欧阳洪洪、司凯和身边的学员一样，心里都敲起了小鼓，他们似乎听到了出征的号角。所有训导员们的眼睛里仿佛都闪耀着光彩，他们都迫不及待地准备操练一番。

之后的培训班课程依然紧张忙碌,陈教官的“开学第一课”只是一幕序曲,随后的训犬日子才是正戏,有悠悠的长调,有急促的短歌,有顺利的欢乐,也有不幸的痛苦。训导员们不论走到哪里,都把老师的话铭记在心,这些明了的动作和简单的启示,却是最真诚的忠告。

爱搜救犬,就会懂它的心思。

懂狗狗,才能当它的朋友。

所有训导员们都在心里描绘着自己的梦想:拥有一只属于自己的灵犬,善待它,关爱它,建立一种无法割舍的感情纽带。相信你怎么待它,它就怎么待你,朝夕相处,逐步默契,用共同的战斗意志去抢险、救灾,摘下技能比赛的桂冠……

冰洁

人与人的相逢,需要缘分。

人与犬的邂逅,也需要缘分。

一年一度,随着老兵的退伍,南京消防搜救犬中队都要补充新鲜的血液。无论选犬,还是选人,定的标准都非常严格,几乎是苛刻的。按理说,能被选中当消防员,已经是百里挑一了,要想被选中当训导员,那就要好中更好,不光要身体素质过硬,还要看有没有耐心。

至于狗狗,也就是搜救犬,同样要被挑选。体格健硕、聪明伶俐,只能说是一只合格搜救犬的标准。狗狗还要能被训导员接受,就是看双方有没有缘分,个性是否相匹配。在茫茫人海中选一个人,能与搜救犬对上眼,互相包容、信任、欣赏,真是难上加难呢!

你以为谁都能养搜救犬吗?

欧阳洪洪曾经听过一个西方消防员与搜救犬的故事。在那个国家,消防局挑选训导员的要求很不一般,首先要考察本人个性和家庭条件是否够格,然后要看家里的硬件能否达标,指明要有专门的大院子来搭建犬舍，还要为犬配车，专门搭载犬出行等，要让犬感觉自由与舒适。

在中国，搜救犬是生活在消防队伍里的，由训导员负责日常生活和训练课目，无论是人，还是犬，都过着集体生活。因此，哪怕我们的训导员家境一般，没有大房子和好车子，只要你真心地爱犬，对犬有足够的耐心，并且有训犬的能力，就能取得训导员的资格。

怎么样，够幸运了吧？

在消防员的队伍里，入伍一年的消防员被叫做“新兵蛋子”，这个戏谑的称谓并没有贬义，更多的是对老兵的尊重。欧阳洪洪是个有五年资格的老兵，义务兵期满转了士官，摸爬滚打，什么苦都吃过。

欧阳洪洪是复姓，跟他关系好的同龄人都亲切地喊他“欧阳”。欧阳这个姓氏在花名册上比较少见，多见于武侠小说中飞檐走壁的大侠和学富五车的历史名人，听上去儒雅风流，隐藏着超凡脱俗的魅力。可是欧阳洪洪其人，却是一个朴素而低调的消防员。他一脸憨厚，说话不紧不慢，即使讲惊心动魄的遭遇，也同样语调平和，有一种超出年龄的沉稳。

欧阳洪洪 2002 年入伍，18 岁时在特勤一中队当过灭火战斗员。从穿上消防服的那天起，就要改掉散漫的习惯，学会所有的消防本领。第二年，他调到炊事班帮厨，就是干切菜、淘米等杂活，协助掌勺厨师烧菜做饭。干一行，爱一行，战友们吃得满意，他就特别开心。炊事班来了新人，他又回到消防员的行列，继续苦练消防员的技能。

到了 2007 年，作为老消防员的欧阳洪洪突然对搜救犬产生了浓厚的兴趣，于是他报名参加了训导员的选拔，在消防支队的“海选”中脱颖而出，成为一名正式的训导员。

接触训犬工作，意味着要从头学起。比起其他训导员，欧阳洪洪算是老士官了，却同样要从起跑线开始。

欧阳洪洪于 1984 年出生在江西省南昌市新建区，那里原来叫新建县，后来才撤县建区。父亲高中毕业后就不再读书了，挑起了打工养家的担子。母亲在家种田，几乎没上过几天学。欧阳兄妹五人，他排行老大，从记事起，他就帮着父母照顾三个妹妹和一个弟弟，养成了勤劳踏实的“大哥范儿”。

欧阳洪洪上学之后，每天放学一回到家，他的手脚就停不下来，不仅学会了烧菜、种田、打扫院子，还学会了养狗。

小时候，欧阳洪洪养过一只中华田园犬。那时，邻居家的母狗生了几只小狗，听说小狗特别可爱，小伙伴们都跑去看，欧阳洪洪也跟着去了。在院子一角的狗窝里，小小的狗狗瞪着一双双水晶球一样的眼睛，在狗妈妈的怀里吃奶，它们棕黄色的毛在太阳下闪闪发光，可爱极了。回家后，他再三央求爸爸为他要一只回来。

“那说好，”爸爸说，“这狗是你要的，领回来就得你养。”

欧阳洪洪一口答应：“没问题！”

这是欧阳洪洪第一次养狗。虽然中华田园犬是乡村田地间最常见的一种犬，长相普通平凡，既没有哈巴狗的软萌可爱，又没有藏獒的凶猛狠厉，但欧阳洪洪依然跟它建立了深厚的感情，也是这只狗，让他真切地感受到了人与狗之间的心灵相通。

豆豆，是欧阳洪洪给这只狗起的名字。每次他放学回家，还没进村，就会看到豆豆蹲守在路口，早早地就等在那里了。看到小主人，豆豆会像个孩子一样飞奔过去，用头蹭他的裤脚。

一身金毛的豆豆，是欧阳洪洪的牵挂。欧阳洪洪在忙家务的时候，豆豆会一直跟在他的屁股后头，恨不得能帮他一把，赶都赶不走。逗它玩，是欧阳洪洪最开心的事了。他跑，它就跟着他跑；他走，它就围着他转。

有一天，豆豆病倒了，“呼呼”地直喘气。就是这个时候，欧阳洪洪发现，狗狗的寿命是很有限的。于是，欧阳洪洪天天给它带些好吃的，也就是骨头之类的。后来，豆豆什么也吃不下了，只是默默地看着他。他便经常把豆豆抱起来，陪着它晒太阳。豆豆去世的时候，他第一次为一只动物流下了眼泪……

2007 年，欧阳洪洪与狗的那份感情又在消防队伍里续上了。第一次来到南京消防搜救犬培训基地，他大开眼界，见到了世界上最优良、最聪明的犬，如德牧、拉布拉多、马犬等，它们都是血统高贵的犬种。欧阳洪洪跟着老师学习搜救犬知识，懂得了原先并不知道的训犬技巧，当时他和其他新训导员一样，分到一只练手的小犬。

分给欧阳洪洪的这只狗叫亲象，奇怪的是，亲象见到欧阳洪洪一点儿也不亲，就像见到仇人似的，喉咙里总是“嘶嘶”地低声叫着，而欧阳洪洪见到这只狗，竟然也没啥好感。原先并不相识，生疏也是在所难免的，只是亲象一直狂吠，似乎对这个新主人一开始就不满，特别桀骜不驯。欧阳洪洪是安静沉稳的性格，他耐心地带了亲象几天后，还是无法消除与它之间的距离感。

不过，欧阳洪洪还是想试试：也许与亲象相处久了，就会有转机了呢！再说，训犬的过程本身就是一个从陌生到熟悉的过程。他毕竟是学员，总想从自己身上找原因，不想和老师诉苦，也不愿意给培训基地找麻烦。

陈教官看出了其中的道道：“欧阳，看你没劲儿的样子，不合拍啊？”

欧阳洪洪无奈道：“好像对不上号。”

陈教官笑笑：“你们没缘啊！”

欧阳洪洪好奇：“真有这么一说？”

陈教官回答：“当然！”

想想确实是这样，亲象那只狗特别不待见欧阳洪洪，每次见到他，都看他不顺眼。欧阳洪洪总是想办法去亲近亲象，买了它爱吃的小零食，主动给它加餐，试图与它培养感情。可是亲象总是对他警惕万分的，而且油盐不进。

经验丰富的陈教官早就见怪不怪了。

看到欧阳洪洪愁眉不展，陈教官说："欧阳，也不能怪你，毕竟这只狗不是你选的嘛！今天我带你去另挑一只小犬吧！选中以后就归你带，但你要全心投入，把它养成犬中新秀！"

"谢谢！我会努力的！"欧阳洪洪十分激动。

陈教官能看出欧阳洪洪内心的纠结，培训基地之所以有一个月的适应期，就是考虑到了人与犬的匹配度。虽然人与犬之间多多少少会有些抵触，但有的慢慢就消解了，而有的就是不能互相接受。如果很抵触的，像一个死结似的打不开，就要做出调整。

陈教官能帮忙解围，欧阳洪洪求之不得。他不喜欢分给他的亲象，正愁不知道该怎么办呢！他是铁了心要当好训导员的，自打学习训犬以来，他做梦都期盼有一只完完全全属于自己的搜救犬，自己可以陪伴它、调教它，让它像多年前的豆豆一样，一闻到主人的气味，就会眼睛发光。

可是，他与亲象不投缘。

那日天朗气清，秋叶或黄或红，色泽斑斓。培训基地派了车，让陈警官带欧阳洪洪到郊区的一个犬舍去挑犬。绿树环绕的犬舍专门从事各种犬类的引进、配种、繁殖、生育，距离培训基地几十公里。犬舍需要的场地和环境，都不是城区可以提供的。

汽车在高速路上一路狂奔。

欧阳洪洪望着窗外，发现蓝天上的云朵都白得如雪，怎么看都像姿态各异的狗狗，或者像一跃而起的狗狗，或者像回首张望的狗狗，谁的画笔能把狗狗的可爱形象画上天？哦，难怪有个词叫“白云苍狗”呢！

欧阳洪洪的思绪在天上飘啊飘，忽然，陈教官的一句问话把他的思绪拽回了地上。

“欧阳，你想挑什么品种的犬？”

陈教官很尊重他的意愿。

“我呀，不喜欢很不听话的马犬，但太老实的也不行，没灵气嘛……总之，我也说不好，还是要跟我有缘才行。”

欧阳洪洪忽然觉得自己的嘴有点儿笨，有缘也能算个条件？

陈教官看出了他的心思，用一句话点透了他：“你说得没错，缘分也许很难量化，但是，有没有缘确实很重要。”

欧阳洪洪听了陈教官的话，心头一震。

陈教官能看出他的心思？

欧阳洪洪没说什么，他不善言辞，尤其不善当面说佩服，其实他对这个老师已经佩服得五体投地了。

终于来到了犬舍，陈教官和工作人员打了招呼后，很熟悉地和他们聊起天来，然后示意欧阳洪洪自己进去挑犬。欧阳洪洪满怀期待地朝里看，里面的犬舍顿时沸腾了，有的狗狗蹦来跳去，发出了凶猛的叫喊；有的狗狗看起来很害怕，躲到了一边。推开已被工作人员打开的门，欧阳洪洪想近距离地去观察这些狗狗。

一时间，他还真有点儿眼花缭乱。

欧阳洪洪举棋不定，他看中了两只史宾格犬，一只棕白花的，一只黑白花的。两只犬都不怕陌生人，朝着欧阳洪洪一起跑过来。黑白花的那只犬好像更兴奋，看见欧阳洪洪就像见到熟人似地扑过来，还故意撞到他的腿上。

他的目光再也离不开这只犬了。它非常活泼，一边蹭着欧阳洪洪的裤腿，一边抬起头，用一双晶莹透亮的眼睛盯着欧阳洪洪，发出了响亮而亲切的“汪汪”声。

这只犬仿佛撒娇似地对欧阳洪洪说：“欢迎！欢迎！”

欧阳洪洪心头一热，微笑着蹲下去，用手摸了摸它的脑袋。

这只犬随即晃了晃脑袋，用爪子轻轻地搭上了他的胳膊，似乎在说：“你好！”

欧阳洪洪再抬头，看到陈教官已笑眯眯地站在旁边。

哦，别的狗狗都关在犬舍里，唯有这两只史宾格犬没有被关，就等着与欧阳洪洪见面呢！他明白了，这是陈教官选好的犬。只不过作为老师，陈教官不想代替学员选犬，他希望欧阳洪洪可以自己看看。

欧阳洪洪开心极了。这只黑白花的小犬活泼而不暴戾，可爱而不娇气，像一个性格阳光的孩子，就选它了！

陈教官立马叫欧阳洪洪把这只小犬带出来，让他对这只小犬做一些基本素质的测试。欧阳洪洪把球抛出去，看它能不能把球衔回来；欧阳洪洪用盆发出“哐哐”的响声，看它对声音害不害怕；欧阳洪洪又去抢它的球，想看看它有没有衔取欲。

测试之后，陈教官对欧阳洪洪说：“史宾格可是名犬啊！这只狗非常适合做搜救犬，也适合你来带。”

欧阳洪洪“嘿嘿”直乐，张开双臂把这只小犬抱上了车。

从此，欧阳洪洪有了一只专属于自己的史宾格犬。取什么名字呢？他想来想去，要与别的犬不一样，还要有它的特别含义。于是，他为它取名叫冰洁，干净、透明，有“冰清玉洁”的完美之意。

一眼就对上了，怎么看都顺眼。

陈教官是个好老师，不仅帮欧阳洪洪解了围，还不张扬地把选择权交给了学员，让学员自己做决定。这样，学员就可以遵从自己的内心，也不会有压力，选中了可以带走，选不中也没关系。

当然，陈教官是有数的。

果然，欧阳洪洪与这只小狗狗好像前世就认识似的，见一面就互相喜欢得不行。消防搜救犬培训基地安排了人与犬互动的课目，冰洁是欧阳洪洪要熟悉的对象。欧阳洪洪听从了陈教官的教导，常常跟冰洁待在一起，并老跟它讲话，而冰洁就像个忠实的听众，非常贴心。

欧阳洪洪最常做的事就是在黑夜冰洁孤独害怕的时候，来到它身边，用温暖的手掌轻柔地抚摸它的脑袋和背脊。

欧阳洪洪还会给冰洁喂食、打扫狗舍、梳理毛发……

一次次的接触就是一次次关爱的降临，一次次的抚摸就是一次次信任的加持，冰洁渐渐成了欧阳洪洪贴心的“小忠犬”。

小黑

清晨，当欧阳洪洪带着冰洁跑步的时候，他们身边还有其他成双成对的队友们在训练。司凯也领到了属于自己的小犬，它明明个头比冰洁大，体格比冰洁健壮，司凯却给它起了一个娇嫩的名字，叫小黑。

司凯是小黑的第一个训导员，当时他只是希望小黑能训练达标，当一只合格的搜救犬。后来，小黑与冰洁在搜救行动中立了功，再后来，小黑成了“消防界的明星沈虎”。

看上去开朗利落的司凯，原先性格很内向。他生于 1987 年，山东省东营市广饶县人。父亲是一位货车司机，整日东奔西跑，母亲是家庭主妇，独自忙里忙外，照顾独生儿子。司凯上小学时，县城扩展，乡村挨着城边，家里仍保留有独立的院子，所以养了只中华田园犬来看家护院，起名叫皮蛋。

司凯每天放学就匆匆赶回家，给皮蛋喂水喂饭。不想跟别人说的话，他都会跟皮蛋念叨。皮蛋听他说话时特别认真，安安静静的，仿佛能听懂一样，司凯越养越爱它。就这样，皮蛋一直陪伴着司凯，在司凯中学毕业时，皮蛋去世了，于是，司凯又央求父母买了一只黑黄相间的大型牧羊犬。

司凯给新犬起名叫大壮，在与它一起生活了一段时间后，司凯便考入了东营中等职业学院。好在学校距离家不远，他最开心的事就是学校放假，他可以回家领着大壮一起散步。踢球时，他会对着大壮喊："大壮，去把球给我捡回来！"淋浴时，他会用花洒喷头给大壮冲一冲澡。对他来说，大壮就是他最忠诚的朋友。

时光飞逝，司凯的中专生活很快就结束了，他的个头长高了，骨骼也硬朗了，但他感觉自己的人生还不够丰满，无时无刻不渴望锻炼自己。于是，当他一听到招消防员的消息，便自作主张地报名参加了体检。

2005 年，司凯在自己 18 岁时实现了人生理想，成为南京消防支队的一员。

他离家的时候，亲朋好友都来送行，他是司家村里唯一的新兵，也是司凯全家人的骄傲。在村里不怎么被关注的小伙子，突然有了穿上消防服的荣耀，他悄然藏起了心底些许的自豪。

司凯和大壮告别的时候，大壮绕着他跑了好久。一晃没几年，那个二十几公分的小可爱，一下子变成了站起来就能够到司凯脖子的大壮了。他狠狠心，登上了公共汽车，可当他从车窗里看到大壮被家人拉着，还不停地朝自己嘶叫时，他的心里真是难受极了。

司凯到新兵连后，在溧水消防大队实习了一个月，之后就被分到消防特勤大队。他的目标是当一名称职的消防员，所有的苦与累都在预料之中，他咬紧牙关坚持到底。从开始的站军姿、走正步、睡木板，到后来的打水带、架扶梯、上楼房，他逐渐成长为一名优秀的消防员。

在火灾救援的现场，司凯不止一次地看到，穿过或浓或淡的烟雾，训导员牵引着搜救犬，在废墟上搜寻着生命迹象。那些搜救犬奔波的身影，让他肃然起敬：好厉害的狗狗，它们是用特殊材料制成的吧！

直到有一次司凯观看消防技能比赛，看到老班长训练搜救犬的一幕：一只身姿矫健的牧羊犬紧紧地跟在老班长的身后，老班长一声令下，它挺身跃起又俯身落下，之后，牧羊犬行云流水的动作直叫他目瞪口呆……这让司凯想起了与牧羊犬大壮朝夕相处的日子，忽然间，他就心动了！

司凯想：我也喂过大壮啊，为什么教不出这么棒的狗狗呢？消防搜救犬怎么个个都身怀绝技啊？搜救、辨识、钻火圈等技巧都会。如果我学会了这些带狗狗的技巧，不是能增加消防员的应急本领吗？

司凯越想越兴奋，赶紧咨询什么样的条件能当训导员，在职的消防员如何申请当训导员，在家养过狗的能不能加分。

养没养过狗不要紧，但是喜爱狗是训导员必备的素养。如果找个不喜欢狗的当训导员，怎么跟狗打交道？

经过层层考核，司凯终于全部过关。

司凯的自信心提高了一大截。

当上训导员后，司凯和欧阳洪洪等老兵一起，四人一组，到消防搜救犬培训基地上培训班。开始也是随便分只狗狗练手，并不强求配对。由于要跟狗狗磨合，所以每个新训导员都可以领到一只狗狗。

拥有自己的狗狗，求之不得。

接到分狗狗的通知时，这四位新训导员都高兴极了，因为他们已经盼望已久啦！他们跟着陈教官，来到一排关着狗狗的笼子跟前。笼子里的狗狗都不足十个月，体型只有大型犬的一半，此时正纷纷乱叫呢！陈教官允许训导员睁大眼睛，多看狗狗几遍，运气好的，能挑到一只聪明听话的狗狗。

只有司凯不是很在意狗的个性，心里只想：赶紧给我分一只大的狗吧，我可不喜欢小不点。

他迅速扫了一眼笼子里的狗，发现有一只狗毛色黄，肚黑背，转来转去的，比其他狗都显得不安分。

只见这只狗在笼子里拼命“挣扎”，不时放声嘶吼，一副很凶的样子，旁边的狗虽然也在叫，但仿佛都被这只狗镇住了，叫声都比它低了些。原来这是一只德国牧羊犬，跟自己养过的牧羊犬竟有几分相似。

司凯顿时对这只狗产生了浓厚的兴趣，平时腼腆低调的他主动请求："陈老师，请给我训那只德牧吧！"

陈教官感到很意外，他深知选犬要知犬。

"这只狗最凶，你为什么要它？"

"请把最难训的狗交给我吧！"

"不怕训不好？"

"不怕，保证训好！"

司凯眼神坚定，态度坚决。

"好！那这只最凶的德牧就给你啦！"

陈教官打开笼子，牵出那只烈犬交给司凯。

四位新训导员带着自己新选的犬回来参加培训。

欧阳洪洪的史宾格犬起名叫冰洁，其他的新犬也有了名号：吴涛带的史宾格犬叫尔钢，张吕带的拉布拉多犬叫海清，司凯偏要开玩笑，给他带的德牧起名叫小黑，这只犬明明将来会长得高大威猛，他却有意用了这样一个亲切的称谓，形成了超萌的反差。

搜救犬的新成员，就像一个刚入学的学生，得补上基础科目才行。初始的磨合期，要适应环境，也要适应训导员。

人与犬的熟悉过程和人与人的熟悉过程是一样的，时间长了，必然会孕育出非同一般的感情，这样接下来的训练就好办了。人与犬之间只有建立了亲密的关系，训导员说话，犬才能听得进去,也才能照着去做。

用陈教官的话说,感情是处出来的,训导员与搜救犬由陌生到熟悉,最好的方式就是带着它玩,寓教于乐嘛!

欧阳洪洪和司凯是好兄弟,冰洁和小黑很识相,两只小犬跟着主人,只“汪汪”地叫了几声,就友好地欢蹦乱跳。

玩也要玩出个花样来。

冰洁果然是只聪明的犬,很快就听懂了欧阳洪洪的口令,学会了按照指示做各种动作。小黑也不示弱,它的灵活程度毫不逊色,司凯叫它向东,它绝不会向西。欧阳洪洪和司凯对自己的小犬都很满意,说它们是“优等生”,将来的训练应该不成问题。

欧阳洪洪要教冰洁“花式跳腿”。他趁着冰洁高兴,伸出脚来,用手指着自己的脚面,说:“冰洁,跳!”

冰洁抬头看看欧阳洪洪,又低头看看自己的脚,然后伸出脑袋蹭了蹭,便摇头摆尾地看着它的主人,眼神萌萌的。

欧阳洪洪用手在脚边划了一道弧线,说:“跳过去!”

冰洁看看主人,还是不懂什么意思,只围着他的脚绕了一圈。

第三次,欧阳洪洪拿出一根火腿肠,在冰洁鼻子跟前晃了晃。

冰洁张开嘴想吃,欧阳洪洪立刻拿走火腿肠,在自己的小腿上划了一道弧线。

只见冰洁"嗖"的一下跳过他的小腿,扑向火腿肠,张嘴咬住,成功了!

之后,司凯如法炮制,每次伸腿的时候,他都会拿着可口的零食诱惑小黑,只要跳过去,就能得到奖励,不跳就无法得到。

小黑盯着主人的零食,似乎不屑于跳过去,而是抖动着身子,那架势是想直接扑上去夺。

司凯一眼就看穿了,他马上站起来,嘴边挂着坏坏的笑,把零食举得高高的,说:"不跳? 想吃没门!"

小黑见了,围着司凯着急地撒娇。

司凯又蹲下了,把脚伸出去问:"跳不跳?"

小黑歪着脑袋,在司凯逗他的神情里,它看到了开心的意味,主人在和它玩呢! 小黑试着和司凯亲近,它主动凑过去蹭蹭主人的裤角。

司凯用一只手摸摸小黑的头,可另一手仍高高地举着零食:"想吃吗? 跳过去!"

眼看就要到嘴的零食,绝不能放过啊!

小黑象征性地跳了跳,可是没跳过去。它不想跳,但又想吃主人的零食,于是想撒个娇,跟主人套个近乎,可是没用。

司凯并不急,就和小黑耗着。

"冰洁,跳过来!"

旁边,冰洁和主人欧阳洪洪玩得很开心。冰洁跟主人欧阳洪洪跑了一大圈后，欧阳洪洪拿出一根火腿肠，要奖励它。可是，欧阳洪洪也不是一下子塞给它，而是蹲到地上，伸出脚面，示意冰洁跳过去。

冰洁并没有犹豫，一跃而起。

冰洁咬住火腿肠的动作，流畅而准确。

看来，只能顺从主人啦！

小黑回过头，看司凯指了指冰洁那边，要它学学它的兄长。

小黑是学还是不学，司凯静观其变。

小黑低下身子扭动着，似乎在犹豫，不肯轻易低头。可是，主人多日与它游戏，早已经软化了它的心，它抖了抖身上棕白的短毛，跃跃欲试。

只见它抬起头，小眼睛聚起缝。

起跳，闪过一道漂亮的弧线。

火腿肠吃在嘴里了，有滋有味。

司凯乐了，显然小黑是接受他了。

欧阳洪洪悄悄地朝司凯竖起了大拇指。

训导员简单的口令，成为搜救犬的行动指南，这看似简单，实际上并不容易。服从是搜救犬必备的基本素质，可问题在于，服从谁，狗狗有一个转弯的过程。尤其是模拟抢险救灾的现场，一只搜救犬如何读懂训导员口令的含义，懂得辨别方向，能在训导员身边紧跟不舍，做出不同的反应，随训导员的速度而改变速度，这些都需要双方的信任和理解。

这些都不是一朝一夕能做到的。

欧阳洪洪和冰洁，司凯和小黑，他们之间的相处，正是训导员工作与生活的缩影。其他训导员也一样，经常与自己的爱犬打成一片。犬舍里经常能看到几位训导员在对自己的搜救犬说话，而这些搜救犬也好像能听懂似的，对着它们的主人直摇尾巴，活脱脱一个个萌萌的忠实听众。

冰洁与小黑被两个主人带着，时常玩在一起，追来跑去的，好不惬意。不管哪个主人有好吃的，都是一犬一份。有时候，它们学一项技能，主人会叫它们比试比试，看看哪个更胜一筹。两个主人就像学校门口那些带着孩子的家长一样，表面上看上去云淡风轻，其实内心都在暗暗较劲。

包括欧阳洪洪和司凯在内的所有训导员都是岁数相近的年轻小伙，他们在入伍前虽然来自天南海北，但有一点是相同的，那就是从小都养过土狗。这在训导员面试时并非一条硬框框，却是他们申请当训导员的动因之一，狗狗在他们心目中有着特殊的地位，他们与狗狗之间有着非同一般的感情。

当然，这些搜救犬一旦来到训练场上，就不再有宠物狗的待遇了。所有的课目看似简单，却需要无数次的磨炼，考验着训导员的耐心，也改变着搜救犬的习性。这些搜救犬即使在消防搜救犬培训基地经过初级训练，可仍需要继续训练。人和犬共同面对挑战：如何服从命令、听从指挥？如何适应灾难与事故救援？

训导员首先必须是消防员，但他们同样要接受严格的训练，身体素质也要达标，这样关键时刻才能冲得上去。他们也要掌握消防器械的使用方法，并能在救灾中独当一面。也就是说，作为消防员，他们承担了双重职责。

消防搜救犬与家里的土狗不同，一只中华田园犬能慰藉一个少年的心，而搜救犬则要承担更大的责任，而且要融入一个消防救援集体。爱狗的年轻人，拼搏的消防员，和冰洁、小黑等名犬有缘相聚，志同道合，相互促进，渴望携手走上消防救援的沙场。他们一起在培训基地的培训班里磨炼与摔打，人与犬的情感就像种子一样在彼此的心中生根发芽、摇曳生辉。

二 ……汪，汪……

考验

上阵

2008年初，一个冬季阳光明媚的上午，欧阳洪洪带着冰洁，司凯带着小黑，其他两位新训导员也带着各自的爱犬，结束了四个月培训班的集训，带着初步入行的收获，回到了南京消防搜救犬中队。

严格地说，这里才是他们的家。

消防搜救犬中队是一个大家庭。当人间太平，岁月静好，这里也就如波澜不惊的海面，温情脉脉中透着舒展与惬意。人与犬朝夕相处，训练按部就班，却也不乏娱乐嬉闹，浓浓的烟火味儿亦在其间。

对于训练，消防员们毫不含糊。因为他们懂得，每一个口令，每一个动作，都有存在的道理。不是做给谁看的，而是关系着生死存亡，必须练就真正过硬的本领。

因此，训练就为了那个“万一”。

2008 年 1 月，还是寒冷的深冬，一场铺天盖地的大雪席卷了南方城乡。江南下这么大的雪比较罕见，到处苍茫一片。更要命的是，江南老百姓的房子缺乏抗严寒的结构，险情不断。

一天，消防搜救犬中队接到报警电话，一家纺织厂的铁皮顶工房倒塌，清点人数后发现，可能有员工封在里面。

搜救犬最初一般训练四个月，冰洁刚刚到期。这次的搜救，欧阳洪洪带上了它，他们一起登上消防车出发了。

同行的另一只史宾格犬叫尔钢，它的训导员是来自山东的吴涛，他原先是学驾驶的，后来想要来训犬，考试合格，心想事成。

吴涛平时大大咧咧的，喜欢说笑话，可却对欧阳洪洪很尊重，从不开玩笑。冰洁初次见到尔钢时，仿佛失散的亲人重逢一般，愣了好一会儿，接着便“相见欢”，欢蹦乱跳地玩开了。

冰洁和尔钢这两只史宾格犬，毛色和长相都十分相似，像是一个模子里刻出来的，到底是有血缘的兄弟啊！

搜索点在这家纺织厂的主厂区，一间铁皮顶的简易工棚被雪压塌了。厂方弄不清情况，生怕有休息的职工没从里面出来。

冰天雪地，刺骨的北风透过衣服直往肌肤上扎。欧阳洪洪和吴涛等消防员踏雪而行，冰洁和尔钢非常默契，雪深没腿，仍不停步。在简易工棚的坍塌现场，搜救犬扒开积雪，往缝隙里钻。

这次搜索的结果是，工棚里没有发现有人。欧阳洪洪接到上级的电话，得知厂方已经找到了失联的员工，工人们并不在工棚里。

这与搜救犬搜索的结果完全一致。其实，能在灾后现场排除有人的可能，也是搜救工作的成绩。

“我们回家吧！”欧阳洪洪对大家说。

搜救犬的脸颊和下巴都粘上了冰碴子，腿冻得瑟瑟发抖。

欧阳洪洪和吴涛各自抱起自己的搜救犬，对它们说：“你们真是好样的！”

不久后的一天，城乡接合部的居民小区失火。火警铃声骤响，搜救犬中队奉命出动，司凯带着小黑奔赴火场。

火势很快就被控制住了。司凯带着小黑在楼道里搜寻，浓烟滚滚，小黑钻进烧过的房间，寻找躲在角落的居民。随后，消防员跟随着小黑的叫声，找到了被困的居民，并把他们安全送出了楼道。

小黑的腿部被划伤了，一瘸一拐的。

司凯给它抹药，既心疼又自豪。

2008年5月12日，星期一，欧阳洪洪听到广播新闻里说四川发生了地震，当时他没太当回事，以为跟往常一样，无非是山区小震而已。直到下午吃饭的时候，司凯对他说：“欧阳，你知道四川汶川地震的事了吗？是八级以上的大地震，据说很多房子都倒塌了，还伤亡了好几千人……”

“啊，怎么这么严重？”

“是下午两点多发生的大地震，我听四川的亲戚说，连成都都有整栋高楼在晃动呢！”

“难怪南京也有震感啊！”

消防员的职责，让他们不能置身事外。

果然，饭还没吃完，中队助理马兵就传达了上级指示：“取消人员外出，全体进入备勤状态，一有命令，随时出发。”

欧阳洪洪和司凯像其他训导员那样，迅速整理了要携带的装备，然后又到犬舍去和狗狗亲热一番：喂食，嬉戏。

消防员和搜救犬度过了一段增进感情的时光。

“小伙伴，我们这次要乘飞机去救灾救人了。抗震就是打仗，你可要顶住啊！”欧阳洪洪轻声嘱咐着冰洁。

司凯也在和小黑喃喃低语。

欧阳洪洪和司凯都明白，他们将带着爱犬奔赴真正的救灾现场，可能会伴随着未知的艰苦与危险。

2008 年 5 月 13 日，汶川地震发生的第二天，南京消防搜救犬中队接到命令，参加江苏省消防救援行动，向汶川进发！

那时，全国各省市的消防官兵几乎都接到了增援灾区的命令，距离地震中心区域较近的一些地区的战友们早已第一时间赶往现场，争分夺秒地与七十二小时黄金救人时间展开赛跑。

千里之外的南京，消防员们闻风而动，进行了一场紧贴实战的备战清点。按理说，所有的装备都有所准备，消防员们处于随时都拉得出去的状态，可临到真正出发之前，还是要做最后的检查，不能有任何的闪失。

"欧阳！破拆器材都到位了吗？"

"司凯！担架、犬笼、食物、犬衣！快点！

"负责发电机的到位了吗？

"应急救援灯充足电了吗？"

马兵的声音响亮而急促。

指挥员与消防员一样，来回奔跑着。

南京消防搜救犬中队作为江苏消防第一批支援汶川的队伍，13 日下午赶到南京禄口机场集结，半夜必须空降成都双流机场。

大巴车驶进停机坪，车门打开了，消防员带着搜救犬下车，狗狗似乎嗅到了紧张的气息，纷纷嘶吼起来，叫声此起彼伏。南京消防搜救犬中队预备了专用的航空箱给狗狗，消防员让狗狗们"入住"，并拎着它们一起上了飞机。

南京附近市县的消防单位人员也奉命赶来集结了。欧阳洪洪在机场停机坪上看到，由于任务紧急，时间匆忙，有些地方的消防员们都来不及预备航空箱，直接牵着搜救犬登上了扶梯，钻进了机舱。

航空箱是狗狗飞机上的窝。欧阳洪洪和司凯都在底部垫了垫子，让冰洁和小黑睡觉的时候可以舒服一点，这样飞机再颠簸也不怕了。

夜幕降临，灯光闪亮，载着消防队伍的飞机在夜色里起飞了，一头扎进无边漆黑的天际。欧阳洪洪坐在贴近机窗的位置，俯瞰着万里高空下无边的黑暗，内心十分忐忑。他的脚边，是装着冰洁的航空箱，里面有两颗晶亮的眸子在闪闪发光，那是冰洁的眼睛。

这是欧阳洪洪第一次带犬出行，要从江苏到四川，而且还要执行这样大型的救灾任务，真是吉凶难料。他不可能给狗狗讲那些大道理，所以就把狗狗放在身边，也许和主人靠在一起，就是对狗狗最大的安抚。

晚上十点左右，飞机降落在成都。大巴车来接他们前往震中北川，浩浩荡荡的车队在黑夜中疾驰。消防员们按照指示，抓紧时间闭眼休息，不知道过了多久，车停了下来，欧阳洪洪睁开眼睛，发现天已蒙蒙亮，看看表，已经快早上五点了，此刻，他们的大巴车停靠在前不着村、后不着店的山路上。

原来没路了，前方的路和桥全都塌了，车辆根本无法通行。现在，他们离北川还有三十多公里，听说那里通信全断，与外界完全隔绝了，既没有路，又没有灯，余震不断，还下起了小雨。此时，他们眼前灰蒙蒙的，就像所有人的心情一样灰暗。

“全体下车，徒步前进！”

灾区最要命的是没有后勤供给，所有人的饮食保障暂时只能靠自己携带的食物来维持。前方汽车能开的路已经被阻断了，指挥部决定弃车前进，这意味着余下三十多公里的山路只能靠两条腿来一步一步走了。

消防员们排成长队，步履艰难地在废墟中和塌方的山体上踩出了一条路。徒步时，人人都十分安静，只能听到脚步声中黑黢黢的山体发出的窸窸窣窣的声响。

消防员身上携带的消防装备非常多：救援装备、液压撑杆、液压钳、生命探测仪，还有其他的破拆工具，每个人平均负重二十五公斤以上。可是，大家没有任何怨言，一个个都使劲抬着或背着器材往前走。

欧阳洪洪真怕身边的司凯吃不消。

“怎么样，走得动吗？”

“没事，我能行！”

“好样的，别掉队！”

“坚持就是胜利！”

虽然劳累，只能放慢脚步，但不能停。

消防员能坚持负重徒步，而搜救犬的体力却是有限的，它们虽然爆发力很强，但长途跋涉的耐力不行，越走越慢了。

“你看，狗狗好像累惨了。”

“累了也得走啊！”

欧阳洪洪发现眼前的冰洁早已没了欢蹦乱跳的劲儿，它耷拉着脑袋，四只爪子落地都不稳了，他的心一下子就软了下来。

停下来休息？不可能，队伍还在向灾区全力赶路呢！

欧阳洪洪的双腿已经酸痛不堪了，但他还是一把背起了冰洁："来，到我背上休息一会儿吧！我背你走！"

当欧阳洪洪蹲下来的那一刻，冰洁开心得像个小孩，"哼哼叽叽"地嘟囔着，乖乖地把两只爪子搭在了欧阳洪洪的肩膀上。

这时，司凯看欧阳洪洪背起了冰洁，便回头看了看自己的小黑。这是一只健壮的德牧犬，身形比史宾格犬要大一倍，可是也歪歪倒倒，吃不消了。

小黑的体重比冰洁沉得多，难道也要背吗？

司凯望向小黑，看到它回头望了望，眼神中流露出对冰洁的羡慕。啥意思？眼红啦？

司凯咬咬牙说："上来吧！"

就这样，两位训导员背着他们的爱犬，像背着孩子的"奶爸"，颠簸摇晃，一前一后，行走在前往北川的崎岖山道上……

消防员们一字排开，在坑坑洼洼的路上深一脚、浅一脚地前行着。山上的石头时不时地滚落下来，带起浑黄的烟尘，呛得人不时咳嗽，弄不好人还会滚到山谷里去。

冰洁和小黑这两只搜救犬趴在两位训导员的身上默不作声，似乎意识到了周边的危险。后来，欧阳洪洪和司凯实在背不动了，就把它们放下来，坐在石头上休息几分钟。冰洁和小黑很知趣，等主人站起身，用手摸摸它们的头，它们马上就跟在主人的身边快跑起来。

初夏的天气闷热异常，欧阳洪洪和司凯等消防员厚实的消防救援服都已经湿透。马兵班长和老兵们扛着便携式消防器材，一边徒步而行，一边给大家鼓劲提气。

“欧阳，冰洁怎么样？”

“能行，没掉队。”

“司凯，你的小黑呢？”

“也行，跟着我呢！”

一路上险象环生，到处是塌方和泥石流，余震使周围山体大面积滑坡，不时会听到恐怖的碎石滚落声。

死亡的阴影笼罩着消防员们，他们时常能看到撤出震区的群众，脸上满是疲惫和惊恐。消防员们相互鼓励，就算路途再艰难，爬也要爬到北川去。

自从下了飞机，欧阳洪洪他们一直都顾不上吃饭，感觉胃里火烧火燎的，体力也消耗得厉害，双脚像陷进了淤泥，每走一步都很费劲，所以整个队伍的行进速度非常缓慢。

当行进到一个集镇时，他们发现了一家没被震坏的小超市，于是大家都进去补充了水和食物，并把钱压在了柜台上。

稍作休息后，他们继续向前。

行进途中，余震不断发生。

刚刚站稳，他们还没来得及喘口气，便感觉到脚下在晃动，山上也传来了巨响，抬头一看，只见大量石块“轰隆隆”地从不远处的山顶滚下来，像一群凶猛的野兽，咆哮着直泻而下。

“又震了，快走！”有战友惊呼。

余震接着余震，响声一直在耳边轰鸣。

路边有一个收费站，地势还算平坦，旁边搭满了帐篷。各路救援人员聚集在这里，脸色憔悴不堪，因为他们之前已经奋战了三十几个小时。当地人坐着车从震中城区跑出来，看上去特别茫然无助。

这时，欧阳洪洪看到一位老太太急着往震中城区赶，便上前询问。

老太太说5月12日到安县走亲戚，没想到家里就发生了地震，虽然她幸运逃过一劫，可她的家人还在北川不知生死，所以她要赶回去看一看。

欧阳洪洪劝她：“人家都往外跑，您回去危险啊！”

老人说：“不怕，不是有你们在嘛！”

欧阳洪洪心头一热，感受到了那份信任。

老人要走，欧阳洪洪给了她一些饼干和矿泉水。

欧阳洪洪说：“祝您和您的家人都平安！”

冰洁跟着欧阳洪洪，把老人送到了路口。

短暂的休憩过后，消防员接到了继续行进的命令。听当地人说，这里是北川的郊外，离县城还有两公里。路上遇到北川的群众，他们都说震得太惨了，县城的房子都塌了，埋了许多人，根本救不过来。

“你们辛苦啦！”往外走的人拥挤不堪，可他们却主动让出一条路来。

看到满脸是汗的消防员，看到消防服上“江苏消防”的标记，有人喊道：“这是江苏的消防员，又有人来救我们了！”

老虎

终于，江苏消防救援的队伍赶到了北川。

眼前的地形都已经扭曲与变形了。原先山清水秀的美丽县城，在地震过后，有些山体已经裸露着移了位，有些地图上的路也都找不到了。

欧阳洪洪牵着冰洁，和战友们停在了半山腰，他们看着山谷里这个陌生的县城，发现依山而建的建筑物都已面目全非，成片坍塌的房屋数不胜数，真是触目惊心。

他们沿路没有看到一幢完整站立着的房子。来自各地的救援人员穿行在废墟上，正在想方设法地救人。地方干部安排群众轻移，但有些人不肯离开，他们满身尘土，哭泣声忽大忽小，脸上写满了悲痛和绝望。原来，他们都在地震中失去了亲人。

“救救孩子啊！”一位泪流满面的母亲拦住了消防员。

学校和幼儿园急需救助，于是消防救援队伍当即兵分多路，赶往不同的地区。

当欧阳洪洪他们来到北川老城的废墟之上时，已经看不出北川县曲山幼儿园的原貌了。地震时，这些稚嫩的孩子正在午睡,有两百多名孩子被滑坡气浪推出去两米多,他们大多都被埋入了瓦砾之中。能找到的,都被救援人员救出了;去世的,被救援人员抬出来放在了操场上。

消防员们被眼前的惨状惊呆了:预制板撬开以后,下面躺的是整排孩子的遗体。

孩子们依然保持着睡觉的姿势,小小的拳头握在胸前,身体是青色的和白色的:女孩编着小辫子,扎着五颜六色的彩带;男孩是帅气的短发,穿着最喜欢的运动衫。

周围还散落着碎花的薄被和枕头,这些小花被是用来包裹孩子的遗体的。看到躺在地上的自家孩子,父母扑上去紧紧抱住,狠狠地亲着仿佛睡熟的孩子的脸庞,号啕痛哭。悲痛欲绝的群众的呼喊声撕扯着消防员的心,他们的泪水忍不住直流。

欧阳洪洪他们很难想象,地震后二十四小时寻找孩子的父母都经历了什么,失去了亲人,失去了家园,人间悲剧莫过于此。旁边的群众发疯似地围到消防员的身边,跪着求他们救救自己失联的亲人。

冰洁和小黑显然被眼前的惨景吓住了,它们懂事地眨巴着眼睛,躲在主人身边一声不吭。

狗是通人性的。悲伤的气氛在弥漫,陌生的人在流泪,主人也在流泪,它们能感受到人类的伤痛,焦虑得不知所措。

欧阳洪洪摸了摸冰洁的头,司凯拉了拉小黑的颈绳,他们用肢体语言让自己的爱犬安静下来。虽然刚刚经历了急行军的劳累，疲惫不堪，可他们仍打起精神，和搜救犬开始在残垣上搜索，他们知道，消防服承担着百姓最后的希望。冰洁和小黑紧紧跟着主人，忽上忽下，钻进钻出。

突然，冰洁挣脱了牵引绳，冲向倒塌的楼体，在低洼的水泥碎片间转悠。

欧阳洪洪见了，心揪了起来：建筑废墟里到处是尖锐的大小硬块，冰洁缺乏防护装备，腿和脚随时都可能被划伤。

“冰洁！冰洁！”

欧阳洪洪以为冰洁受到了惊吓，赶紧去追。眼看冰洁穿过一片建筑垃圾，在一片瓦砾间低头嗅着，不肯离开。

小黑跟着跑了过去，在冰洁周边转悠，似乎有什么不为人知的信息被它们敏锐地捕捉到了。

只见冰洁和小黑停止脚步，抬头张望，并朝着自己的主人一阵一阵地大叫。

这个信号他们最清楚不过了，是生命信息的示警！

北川的曲山幼儿园连同曲山小学，是汶川地震中人口稠密的重灾地，最先赶到的救援队作拉网式搜索，救出了不少孩子。后来，其他地方险情告急，群众跑来求助，救援人员就跟着他们赶往别处去了。

难道还有没救出的？

欧阳洪洪和司凯赶紧沿着坡道上去，从冰洁站立的地点往下看，乱糟糟的，似乎什么也没有。

可是，冰洁却在不停地叫，小黑也加入了狂吠和声当中。

欧阳洪洪和司凯有一个共识，那就是搜救犬的语言他们虽然听不懂，但绝不能怀疑它们的敏锐力，它们肯定发现了不为人知的信息。

果然，在废墟之中深深的角落里，隐隐有一个蠕动的影子，似乎还听得到夹缝中有“嗡嗡”的声音。

特勤大队助理马兵赶来了，消防救援队的领导也赶来了。现场情况不容乐观，倒塌房屋层层叠压，楼面粉碎性坍塌，如果冒然运用大型的破拆机械，引起震动，导致连锁反应，楼体残部很可能会再次坍塌。

狗狗的身体很轻，体积也小，可以在废墟里钻来钻去，具有天然的优势，而人和工具却要万分谨慎。

最糟糕的是，眼前房屋毁坏，如果无法用大型机械设备的话，如何排除建筑垃圾障碍？怎么在废墟里辟一条通道，避免造成二次塌陷，救出幸存者呢？

商量之后，消防员们赶紧调集现场所有的破拆工具，小心翼翼地清理着杂物，逐渐看清幸存者的位置。

幸亏早有准备，欧阳洪洪他们携带了无齿锯切割钢筋，再用上扩张器和液压顶，他们一点点打开残墙的缝隙，逐渐看到一个孩子的身影。

这孩子的头部是斜着向下的，一点儿不能动弹，好像有其他人把她压住了，只能看到她脏兮兮的小脸。

马兵问："小朋友，你能说话吗？"

孩子紧皱眉头，嘴唇动了两下，却发不出声音。可能太干渴了吧！欧阳洪洪用棉签蘸了些水，滴到她的嘴里。

欧阳洪洪说："你要能听到，就眨眨眼睛。"

她眨了眨眼睛。

"小姑娘，你叫什么名字？"

"任思雨。"小女孩声音嘶哑。

"你爸爸叫什么名字？"

"你的家住哪里？"

小姑娘缓缓地一一回答。

她还说出了爸爸妈妈的手机号，但电话打过去，根本没人接听。

马兵指挥消防员分工行动，对幸存的任思雨展开营救。因为有变形的楼板和墙体压着，要分段拆除后，才能把她救出来。

欧阳洪洪一边操作着手中的工具，一边安慰任思雨说："小雨，别怕！我们会小心一点儿，肯定能把你救出来。"

任思雨说："叔叔，我不怕。"

消防员们的眼睛湿润了。

"小雨，你几岁啦？"

"我5岁了，快要上小学了。"

“你很了不起，坚持住啊！”

“叔叔，你们不要担心。”

营救过程十分艰难，拆除楼板和残墙如小鸡啄米，只能用切割机和破拆器轻轻地凿，再把碎渣清理到旁边。

狭小的空间里闷热异常，消防员们直不起腰，只能半蹲着操作，很难使上劲儿。他们轮流换班，不但要有体力，而且要有耐心。

消防员给任思雨喂了些矿泉水。

任思雨说：“我给你们唱首歌吧！”

她轻轻哼唱的是一首儿歌：“两只老虎，两只老虎，跑得快，跑得快。一只没有眼睛，一只没有尾巴，真奇怪，真奇怪……”

“叔叔，喜欢吗？”

“唱得真好！”

“真勇敢！你是个乐观的好孩子！”

欧阳洪洪他们都被感动了。

任思雨眼角闪着泪光：“这是我爸爸最喜欢的歌，也是他教我唱的。我还能见到爸爸妈妈吗？我还能见到我的老师和同学们吗？”

“当然，能的！”欧阳洪洪含着泪安慰她。

和任思雨的家人一直联系不上，在场的消防员都沉默了，他们只有埋头加快破拆进程，不敢去想这个问题。

冰洁和小黑在外面看着欧阳洪洪和司凯他们忙碌，不时还会去附近转悠一下，钻进废墟里继续寻找生命迹象。

靠近被困的任思雨了。欧阳洪洪发疯似地挖着瓦砾和砖块，然后用木条支撑住洞隙，他戴着手套的手指都扒出了血，脸上的泪水与汗水也交织在了一起。

快扒到小女孩了，可欧阳洪洪却发现她的右腿被一名遇难老师死死地压住了。

原来，当倒塌的墙体坠落时，这位老师紧紧地抱住了任思雨，用自己的血肉之躯给自己的学生撑起了最后一道屏障。

任思雨卡在了楼梯旁的横梁底下，幸亏有老师呵护，她才躲过一劫。

想到家人还没有消息，任思雨有些着急。

她问欧阳洪洪："我爸爸呢？"

欧阳洪洪说："也许你爸爸在忙吧！"

他没说实话。地震时线路不畅，电话打了好几次都没打通，但地震过后还联系不上的家人，可能就凶多吉少了。

欧阳洪洪说："你想爸爸啦？"

任思雨说："想。我爸爸长得可帅了，这首歌就是他教我的。"

欧阳洪洪说："你唱得这么好听，你爸爸肯定能听到。"

马兵怕任思雨昏睡过去，提醒欧阳洪洪他们多跟任思雨说话，要她时刻保持清醒。在缺氧的夹缝里，人很容易就会昏睡过去。只有她清醒着，才能有效地配合消防员的救援行动。

任思雨右脸上有块明显的深色印痕。

欧阳洪洪问她:“脸上以前有伤疤吗?”

她说:“没有啊!”

原来,这是胡老师用自己的身体保护任思雨时,两个人脸贴着脸五十几个小时压出来的。

任思雨断断续续地说:“胡老师胖胖的,抓学习特别认真,平时对学生可严厉啦!我们都有些怕她……可是在地震的那个瞬间,胡老师像变了个人似的,她招呼学生往外跑,可惜根本来不及,楼板一下子就坍塌了。”

在危急关头,胡老师把任思雨揽在了怀里。任思雨很幸运,成为全班唯一的幸存者。胡老师保护了任思雨,自己却永远回不到学校了。也许胡老师舍不得去世的四十三个孩子,她要去天堂里继续给他们上课。

任思雨有好些话要跟人诉说。

消防员叔叔是最好的听众。

她说,胡老师搂着她被埋没的瞬间,天空中传来了“轰隆隆”的响声,当时她惊慌地问胡老师打雷了怎么办,但是胡老师没有反应,任思雨还以为她睡着了。

此时,任思雨根本不知道害怕,天空飘落着细雨,她想张开嘴巴去接,但身体根本动弹不得。她努力伸着脖子,终于尝到了沿着管道流下来的雨水,很咸,很苦。

欧阳洪洪很难想象,一个5岁的小女孩,身体动弹不得地待在一个恐怖的环境当中，死神也近在咫尺，她还能平静地回想着地震后发生的事情。

只听任思雨轻轻地说："我很想念胡老师，很想念我们班的同学。"

消防员们在任思雨的诉说中继续挖掘。

马兵示意欧阳洪洪他们别停，人命关天！

可是，任思雨说她累了，不想动了。

"快，叫冰洁和小黑过来。"

欧阳洪洪牵来了冰洁，它朝任思雨"汪汪"地叫着。

任思雨睁开眼，看着冰洁透亮有神的眼睛，一下子安静下来，然后便咧开嘴笑了。

"小思雨，这是冰洁，是它发现你的。"

"谢谢冰洁，可爱的狗狗！"

小黑也跟着司凯过来了。

"这是小黑，是它和冰洁一起喊我们的。"

"小黑，谢谢了，你们救了我！"

冰洁和小黑像是商量好了，它们轮流守在残破的断墙前，时不时地对着小思雨"汪汪"叫，仿佛在说："小思雨，千万别睡啊！"

欧阳洪洪和司凯等消防员抓紧凿开洞口，因为要严防二次塌方，所以他们不得不小心谨慎。经过三个小时的奋战，任思雨终于得救了！

救援队的医生对任思雨作了初步检查，发现她除了左腿软组织和神经受到损伤外，身体状况尚好，医生当即给她输液补充起了营养。

此时，消防员联系到了任思雨的亲人，她的姑姑和姑夫。他们的孩子已经罹难了，听说任思雨还活着，他们激动地抱头痛哭。

赶到曲山幼儿园，姑姑和姑夫见到了任思雨。

任思雨问："爸爸妈妈呢？"

他们说："可能在家吧！"

他们没有告诉任思雨，不知道还能不能见到她的爸爸妈妈。其实，她的爸爸已经在地震中去世了。

任思雨死里逃生，被抱出来前，马兵用毛巾盖住了她的眼睛，生怕她在黑暗里待久了，阳光会刺伤她的眼睛。消防员叔叔排成队，你传给我，我传给你，一个接一个地把她送到了车上。

"谢谢消防员叔叔！"任思雨用小手抚摸着消防员的脸，还有他们的抢险救援帽，此刻的她虽然什么也看不见，却把这些叔叔的模样深深地刻在了自己的心里。

还有狗狗呢，任思雨却没摸到它们，因为冰洁和小黑已经继续去前面的废墟中搜寻了。

死里逃生的任思雨是消防员和搜救犬共同创造的一个奇迹。在废墟里，与死神靠近的娇嫩生命，得到了重生。任思雨最终脱离险境，这是给所有消防员最好的褒奖。

示警

在汶川地震的救援行动中，冰洁与小黑这两只搜救犬功不可没，而且它们都有自己搜寻的绝招。

史宾格犬冰洁，有一对耷拉下来的大耳朵，在搜救奔跑时会来回扇动，略微带卷的毛发，黑白相间，英姿飒爽。

德牧犬小黑，体型健硕，尖尖的立耳，深棕的肤色，在废墟中搜救时左奔右突的，像一个气势非凡的大将军。

冰洁与小黑平时在中队训练，偶尔会争食、抢球或打架，然而此刻它们是并肩作战的战友。

这一大一小两只犬的眼睛里都闪着坚毅和忠诚，它们相互配合着寻找遇难者，也许它们就是任思雨歌里的“两只老虎”吧！

涉及这么大面积的搜救，连中队助理马兵都没有参与过，欧阳洪洪和司凯就更不用说了。

从消防员展开救援开始，包括冰洁、小黑在内的所有搜救犬就夜以继日地拼命工作了。这些小小的身影，和消防员们一起奔波着，坚持着，没有一个退缩的。

消防员明白，多救一个人，就多拯救一个家庭；搜救犬也懂得，多搜索一点儿，就多一份希望，就能多救一个受困的人。

消防员会靠近废墟喊：“这里还有人吗？”

搜救犬的叫声也仿佛在说：“人类朋友，挺住，我们来救你了！”

搜救犬在工作了数十个小时后，爪子都被磨光了，留下的只是四五厘米长的伤口，有的搜救犬的脚趾也被瓦砾和碎玻璃扎得血肉模糊了。

它们在接受救治时，仍然将身体探向废墟，用鼻子不停地嗅着。

冰洁和小黑在残垣之间搜索幸存者时，第一天就划伤了脚掌和腿部，血顺着伤口直往下流。欧阳洪洪和司凯见了，心疼不已，赶紧从急救包里拿出碘酒和纱布，给它们进行了简单的消毒和包扎，还给它们穿上了犬鞋。

可是，时间就是生命，消防员不能休息。

搜救犬起早贪黑，继续冲在救援一线。

在一堆乱石成堆的倒塌建筑前，小黑突然趴下身体，发出了呜咽般的哀鸣。平时训练时，它们都是以隐藏的活人为搜寻目标的，训导员要求它们嗅到人的气息就吠叫，但这一次，吠叫变成了呜咽。

司凯分析，被埋在下面的人很可能已经遇难了。果然，之后的营救行动证实了这一点。狗狗能感受到人的悲哀，它意识到下面埋着的人已经去世，所以眼角渗出了泪，叫声凄惨。

突然，小黑又转向另一个方向，对着一堆砖块狂吠起来，然后挥舞着前爪用力猛挖。

司凯和战友赶紧拿来生命探测仪，对废墟之下的空间进行侦测。可是经过反复几次的侦测之后，他们并没有发现生还者。

“小黑，你发现了什么？”

司凯顺着小黑的目光，只看到了乱石和门窗。

司凯认为，小黑的叫声不会是无缘无故的，他跟着小黑在废墟上转来转去，在小黑停止的地方仔细倾听。果然，搜救犬的示警是正确的，废墟中突然传来了石块敲击的微弱声音。

马兵、欧阳洪洪都赶来了。十几分钟后，消防员们齐心协力，救出一名被困六十几个小时的虚弱女子，并将她送上了救护车。

“小黑，你真行啊！”司凯掏出干粮来犒劳小黑。

冰洁也在和时间赛跑。

在另一片废墟上，冰洁不停地挖，不停地叫。欧阳洪洪和战友用生命探测仪跟着冰洁侦测，但侦测了几次，都没有发现生命体征，他们还以为冰洁的判断出现了差错。正当他们准备离开的时候，忽然听到下边有敲击声，最后他们成功挖出了一名被埋七十几个小时的工人。

冰洁开心得像个孩子，不停地转圈。

“冰洁，好样的！”

连续的搜索和破拆救人，让匆忙奔赴灾区前线的消防员和搜救犬极度疲惫。现场如同战场，震后一片狼藉，后勤没法供应，人与犬又累又乏，困得不行时倒头就睡，休息一会儿又起来加入到救援之中。

欧阳洪洪宁可自己饿肚子，也要把干粮省给爱犬，这是所有训导员发自内心的举动。搜寻幸存者，哪怕只有一丝希望……

理性无情地提醒着他们，震后七十二小时的黄金救援时间正在“滴嗒滴嗒”地过去。眼看过了临界点，废墟中的搜寻希望越发渺茫了。

搜寻生存者的行动并没有停止。

还可能有人被压在废墟底下吗?

冰洁的腿部被划伤了，一拐一拐的，欧阳洪洪可以感受到它的疼痛。欧阳洪洪有时会把冰洁抱起来，轻轻抚摸它的身体，表达着主人的疼爱。

和马兵一样，欧阳洪洪和司凯的额头上都贴了一个创可贴，神情看上去略微疲惫。冰洁身上脏脏的，满是尘土，但它的眼神非常清澈，时常在主人前后跑着，斗志不减。

那天，已经是震后一百小时了，消防员们又接连发现了几位逝者。这时，冰洁忽然在附近怪异地叫起来，好像有些迫不及待。

马兵顿时警觉起来，拉着欧阳洪洪走近仔细观察。他们把挡在外面的一些木板和水泥块搬走后，看到一个年轻的小伙子被夹在楼面底层的缝隙里，情况十分复杂。现场只露出了一个灰蒙蒙的脑袋，头以下的部位全部被埋在废墟下面。但是，这个小伙子的意识还是清醒的，他朝消防队员点点头，嘴里嘟囔着什么。

马兵赶紧竖起耳朵，听他说的话。

他说："你们好，请你们把我救出去。"

马兵说："好的，那你要配合啊！"

欧阳洪洪赶紧取来急需的救援器材。

震后一百小时的幸存者，身体已经非常虚弱了，而且救援环境还恶劣，救援力量也不够。欧阳洪洪等消防员听从马兵助理的指挥，对现场作了一番探查后，把情况报告给了消防救援队的领导。分队长立即赶来现场指挥，救援人员用破拆机械在幸存者上面的水泥墙上打了一个洞，初步摸清了幸存者的具体方位。

欧阳洪洪等消防员带着器材进入废墟，此时他们与幸存者一样，面临再次坍塌的风险。消防员在水泥墙上打了三个洞，以腾出空间把小伙子救出来。不料洞打完后，他们突然发现小伙子的左腿被牢牢卡住了。

谁也没办法拉他出来。

怎么办？现场有人建议截肢。

是啊，保住命最重要！

救援队的医生说："先截肢，再使劲儿。"

小伙子哭着说："我还年轻，求求你们留下我的腿。"

"想想办法，保住孩子的腿吧！"

"是啊，不能截肢啊！"

马兵的建言得到了领导的赞同，对于小伙子来说，截肢是无奈之举，势必会影响他将来的生活，试试其他办法最好。

欧阳洪洪和马兵对比了三种方案：第一种方案是截肢，不行；第二种方案是移动左腿，但硬来可能会给小伙子的左腿造成伤残；第三种方案是从幸存者周边向下挖，可是后果没法预料。余震随时会再来，而且如果操作不当，楼板还可能二次坍塌，不光幸存者难以获救，消防队员也有被埋的危险。

豁出去了，这赌的是小伙子的下半生啊！

为保险起见，经验丰富的老班长马兵亲自出马，他安排了观察哨，并喊上欧阳洪洪等战友，将能用上的液压顶杆全部都用上，固定在每一处可能塌方的地方。

马兵用电钻往小伙子的左腿下方打洞。欧阳洪洪左手握住凿把，右手持锤子一点一点地敲击，以扩大活动空间。

就在这时，小伙子突然昏睡了过去。

马兵不停地和小伙子说话，他说累了，便换欧阳洪洪接着说。他们问他在哪里工作，学习怎么样，谈恋爱了没有，怎么会被困在这里的。

小伙子终于被喊醒了。他叫刘畅， 21 岁，大学生，成绩十分优秀，发生地震前，他在北川县交通局实习。考虑保存刘畅的体力，救援人员每隔一段时间就会和刘畅说说话，目的是不让他打瞌睡。

这时，听说刘畅找到了，他的姐姐也赶到了现场。不过，马兵看她情绪过于激动，怕卡在废墟里的刘畅乱动，就没让姐弟俩立即见面，而是让姐姐先平复平复情绪，想想怎么能让弟弟配合救援。姐姐的突然出现，让救援人员想到了另一种救援方式，让姐姐在外面呼喊刘畅的名字，以给他鼓劲。

挖掘救援通道的欧阳洪洪对刘畅说："刘畅小弟，你爸爸妈妈还有你姐姐都在外面等你呢！你一定要坚持到最后。你看，带领我们救你的是最厉害的马兵班长，他可有经验了，你要好好配合，你肯定能被好好地救出来！"

刘畅在废墟的缝隙里看到了几只犬的身影，它们套着的肚兜上都印有"消防救援"的字样："哦，是搜救犬啊！"

"是啊，你埋得这么深，就是搜救犬报的警。"

欧阳洪洪找到了新的话题，和刘畅聊起了搜救犬。

"你看，这只犬叫冰洁，它虽然受了伤，但还在寻找幸存者呢！那只犬叫小黑，它也在救人呢！冰洁和小黑的嗅觉都特别灵敏……"

消防员在废墟里挖了九个小时，并跟刘畅对话了九个小时，他们一直在坚定刘畅的求生意志。

被埋了一百零二个小时的刘畅在经历了两天一夜与死神的搏斗后，最终保住了性命，也保住了腿，这位 21 岁的青年被消防员完整地救了出来。

刘畅被救出来时哭了，消防员也激动得直落泪。

冰洁飞奔过来，“汪汪”直叫。

“冰洁，你发现的小伙子被救出来啦！”欧阳洪洪告诉冰洁，它的搜索是有价值的。

也许，冰洁的快乐，就是听到主人的赞许。

刘畅被送上了救护车。

欧阳洪洪问马兵：“明明只有姐姐，为什么说家人都在？”

马兵笑了：“我们确实骗了他，不过也是为他好。”

欧阳洪洪说：“是啊，善意的谎言。”

马兵说：“小伙子在夹缝里是非常难熬的，只有让他知道家人都在等他回家，这样他才能毫不动摇地配合我们坚持下来。”

欧阳洪洪说：“我懂了，我们拼尽全力，甚至冒着被掩埋的危险实施营救，也要有幸存者的支持才行，不然就会前功尽弃。”

当夜准备休息前，欧阳洪洪和司凯尽管已经非常累了，可仍打起精神，摸摸冰洁和小黑的皮毛，给它们做全身检查，有划伤及时清理，然后给它们拉拉腿和脚，松弛松弛筋骨，为它们减轻奔波的疲惫。

在之后的日子里，搜救犬仍然用鼻子去闻废墟中人体的气味，在看不见的洞孔和缝隙里搜救。消防员小心地踩着废墟，聆听周围的动静，不时凑到倒塌的建筑旁，一遍又一遍地问还有没有人。

搜救现场的环境变得越来越恶劣，浓烈的气味在空气中弥漫，人与犬都感觉胸闷不适，这又为搜救增加了难度。小黑和冰洁在废墟中吸入了大量的灰尘，肺部有了感染，不时“呼哧呼哧”地直喘粗气。

时间一天天地过去，废墟里的幸存者在日渐减少，可消防员仍不放过任何疑点，也不放过每个角落。高强度的救援任务使消防员们难以招架，几近虚脱。失联者的家属还在寻找，他们也在一遍遍地拉网式搜索。

已经是地震后的第四天了。

这天清晨，天色刚泛白，北川邮电大楼的废墟上就闪动着搜救犬的身影。忽然，冰洁朝欧阳洪洪这边跑来，咬着他的裤腿不放。

欧阳洪洪和队员们赶过去后，听到了微弱的呼救声，后来才知道是个 17 岁的少年。由于六层大楼整体坍塌，当时不能确定他被卡在哪里。

消防员们用生命探测仪进行侦测，并敲击、呼喊、询问，终于大致确认少年被卡在一楼的废墟之中。救援队利用大型凿岩设备，在二楼楼板北侧凿开十几个小洞，形成了一个一平方米的洞口。

冰洁朝洞里张望，激动地大叫。

欧阳洪洪在确定了少年的具体位置后，和队员们加快了凿岩速度，当他们一打通最后一层楼板，随即便送上食品和生理盐水，稳定少年的情绪。

“你叫什么名字？”

“米东。”

“这些天你靠什么维持的？”

“喝自己的小便。”

这个17岁的少年真是了不起，地震突发，他被压在一楼的楼板之下，硬是靠喝自己的尿液，顽强坚持了三天多。

“米东，你好棒！”

“谢谢叔叔，你们给了我第二次生命。”

“不光我们，你看外面。”

“外面那些狗狗吗？”

“是消防搜救犬比我们先看到你的。”

“我运气好，替我谢谢它们。”

“搜救犬都不放弃生命，何况我们人呢！你一定要坚持住啊！”

经过二十几个小时的艰难营救，被困一百一十七个小时的米东终于被成功救出。米东是不幸的，他被困在黑暗的废墟深处，以为没救了；米东又是幸运的，他在命悬一线时，遇上了搜救犬冰洁和消防员们。

17日，地震后的第五天。

小黑拖着受伤的腿，慢慢地在废墟上走着。司凯见了很心疼，便把小黑抱到一边说："小黑，你就在这儿待着吧！"

看到消防员们在废墟上来回搜索，小黑闲不住，又钻进废墟里去了。

嗅觉超强的小黑，居然在一栋居民楼的二层发现了一个还活着的中年男子。这栋居民楼共有七层，已经被彻底震塌了。

消防员们循声而来，联手侦测中年男子的具体位置。塌陷的楼层无法进入，需要找一条安全通道，工作量大且险象环生。

一位羌族女孩哭着赶来，说那个被困的中年男子是她的爸爸荣先生，请消防员一定要想办法把他救出来，说着就要跪下来。

消防员拉住她的手，不让她跪下。

"你放心，我们会尽全力。"

小黑跑来，朝女孩叫了几声。

"你听，我们的小黑也答应你了。"

队员们采取垂直下探的方案，利用凿岩机打穿一层又一层楼板。当墙体破拆取得突破的时候，前方突然传来上游堰塞湖即将溃堤的消息，要求救援人员紧急撤离。在核实情况后，消防员们决定暂停救援。

羌族女孩见了，扑过来哭着说："叔叔，我妈已经死了，你们要救救我爸啊！不然，我就没有一个亲人了……"

消防员为女孩擦去眼泪，不能叫孩子失去自己的父亲啊！当大家得知短时间内不会有决堤的危险时，决定继续营救荣先生。

"如果洪水来了，你们还会救他吗？"

"不管洪水淹到哪儿，我们一定会救他的！"

满脸是汗的消防员们在尘土飞扬的现场忙碌着。

这个叫荣荣的女孩默默地走到旁边，坐在石墩子上等待。等待的时间是煎熬的，她抱着双臂，眼泪止不住地流，为被困的爸爸，为死去的妈妈，也为这些非亲非故却拼命救人的消防员叔叔……

不知什么时候，荣荣身边多了一个毛茸茸的生物，似乎在陪伴她。荣荣转过脸，看到了一双善良的眸子。

她想起来，这只搜救犬叫小黑。她觉得，狗狗是懂她的，愿意在她最煎熬的时候和她作伴，她与它之间好像早就相识了。

小黑陪着这个可怜无助的女孩坐了很久。

消防员们连续战斗了三十三个小时后，终于将生命通道打通，救出了被困的荣先生。震后一百二十五个小时，又一个生命奇迹发生了……

此时，女孩哭着哭着笑了，笑着笑着又哭了。因为小黑的发现和消防员不分昼夜地救援，她没有失去爸爸；因为小黑的陪伴，她得到了安慰并变得坚强。

“你们是我们家的恩人，我给你们鞠躬了！”

地震灾难，只是一瞬，而携手相助，却铭刻终生。

这次汶川地震救援是全国消防精兵强将的一场硬仗，给欧阳洪洪和司凯在内的所有消防员都带来了巨大的心理震撼和体力消耗。搜救犬比人更容易受伤，它们要时刻保持嗅觉的敏锐，所以只能呈裸露状态，不能穿防护服，也不能戴防毒口罩，还要跟人保持同样的工作强度，真是勇士！

冰洁和小黑是食肉动物，但在灾区是不可能顿顿吃肉的，只能靠压缩饼干充饥，冰洁和小黑日见消瘦，比刚来震区时瘦了十几斤。欧阳洪洪和司凯看着十分心疼，便把分到的几盒牛肉罐头都给它们吃了。

在震后的废墟中持续搜寻，冰洁和小黑都吸入了大量的粉尘。冰洁感染得了肺心病，腿部也受伤了，时常疼痛，恢复了好久。小黑得了膀胱结石，心肺功能都有所下降，常常咳嗽，跑步气短。

忘我搏命，消防员临危不惧，创造了搜寻和拯救生命的奇迹。这期间，小黑和冰洁等搜救犬与消防员密切配合，立下了赫赫功勋。

在震后的废墟中，冰洁救出了十三人。

小黑也不含糊，搜救到十五人。

真实的数字，远不止这些。搜救犬能在震后现场发现生命迹象或排除生命迹象，同样功德无量。

这是欧阳洪洪和司凯的骄傲。

更是整个南京消防搜救犬中队的骄傲！

三 ……汪，汪汪……

接班

嘱托

2008年，真是特殊的一年，既有汶川大地震的突如其来，又有北京奥运会的如期举办，表现出中华民族的坚韧与顽强。

深冬来临，又到了一年新老交替的时节。南京消防搜救犬中队有三位老训导员退伍，新入选的三位新人接班替补。

汶川大地震后的千里大救援，让搜救犬与消防员都经受了考验，他们不可替代的特殊作用被广为人知，从此更受重视了。

拉出去，顶得上，那才叫人刮目相看。在南京消防搜救犬中队这个群体里，苦练本领，摸爬滚打，怎么检验？

欧阳洪洪与冰洁，司凯与小黑，用汶川地震救援的实战证明了自己，给所有的训导员和搜救犬以激励，自然成了标杆。

标杆一出，选拔更严，这涵盖了南京消防搜救犬中队的所有成员。首先是当上消防员，然后在消防官兵中接受选拔、培训、考核、面试。有一点与其他工作不同，要求申请是自愿的，只有热爱，才能胜任。

搜救犬也是百里挑一的。在成百上千只狗中被选中，既要品种优良，身体强健，又要灵气十足，聪明机灵，适应力强。能入选南京消防搜救犬中队，当上搜救犬，几乎都是犬中的佼佼者。

一个搜救犬和训导员的组合，就像少儿上学有了老师，接下来便是日复一日地学习与操练，以达到人和犬的高度默契。

2008 年 12 月，沈鹏刚成为向往已久的消防员，就知道搜救犬也有编制序列。听欧阳洪洪和司凯讲冰洁和小黑在汶川救援时的英雄壮举，沈鹏只悔入伍太晚，没能赶上带爱犬参加惊天动地的大救援。当他看到冰洁和小黑的时候，心中升起一股敬意，忍不住喊："小英雄！"

沈鹏成为消防员不久后，正赶上南京消防搜救犬中队新老交替，虽然时间急迫，但考核的程序并没有减少。沈鹏个头不高，略胖，但挺壮实，他没想到消防队伍也有搜救犬的专业，这让他兴奋不已。

出生于江苏淮安的沈鹏家庭条件相对较好，父亲在当地的交通局工作，他又是家中的独子，父母对他倾注了全部的爱。沈鹏高中毕业后，曾经在苏州一家电子厂工作过，那时的他除了上班，平时就上上网、打打游戏、看看电影、逛逛公园，就这样无忧无虑地过了一两年。

有一天，沈鹏上网时无意间点开了一个征兵宣传的视频，铿锵的步伐，严整的军容，励志的旋律，再加上"热血男儿，矢志报国"的口号，一下子点燃了他的报国心。沈鹏觉得，自己这辈子也该做点儿高尚、有意义的事情，于是没跟爸妈商量，就毅然报名入伍了。

沈鹏父母不舍得独生儿子远行，在家里百般呵护，现在却要穿上消防服去经受训练与摔打。只是沈鹏决心已定，父母只得尊重他的想法。母亲抹着眼泪叮嘱："我们就你一个孩子，你要好好地回来。"

那时，体重一百八十斤的沈鹏觉得父母太脆弱了，大惊小怪的，不就是当个兵嘛！能有什么难的？他对未来信心满满，丝毫没有意识到当消防员绝非换一身服装这么简单。

在消防救援队伍里当训导员，沈鹏想到的都是遛狗的情景，美滋滋的。后来他被告知，只有在消防员集训中过关，才能成为训导员。

消防员名副其实，才有资格训犬呢！

沈鹏遇到的第一任班长是个高个子的强壮男子，他对新兵的要求十分苛刻。那天他刚见到沈鹏，就毫不客气地调侃："你叫沈鹏？瞧你这身肉，真像是气球吹出来的，我得给你泄泄气！"

班长不留情面的话，让沈鹏很快就意识到了这是啥意思。

不顺眼就没好日子过。要想练出一副好身板，想舒服，没门。除了站军姿、练步伐、俯卧撑，班长还给沈鹏他们的腿上绑上沙袋，让他们一圈又一圈地拉力跑。沈鹏不想跑时，班长并不怜悯，只紧紧地、严厉地盯着他。沈鹏只好忍着酸痛继续跑，有时候跑摔倒了,起来,继续!

沈鹏他们练爬梯子上墙,班长一手叉着腰,一手拿着秒表,精确计算着进入窗户需要多长时间。如果哪个人慢了,班长会大吼:“快点,再来!”一字一巴掌,让人心里感觉火辣辣地疼。从小到大娇生惯养的沈鹏,哪受过这样的苦?他满肚子委屈,自尊心都掉到了地上,他常常怀疑自己能不能撑得下去。

班长也察觉到他的状态不好,特意找他谈心:“沈鹏,咱们是消防员,进火场是家常便饭,像汶川救援那样的硬仗也是免不了的,这就需要我们的体力比一般人好,这样才能扛得动水带,背得起伤员,搬得动杂物。别忘了,要带搜救犬去救灾救人,你自己就不能是个软蛋!”

“可是,我尽力了。”

“我知道,你确实有进步。可是,看看你现在,身体还是那么胖,动作又笨拙,将来参加救援,你没有危险谁有危险?”

“训导员不是训犬的吗?”

“我们不是带狗去玩的,而是带狗去执行任务的,生死关头,拼的是你的聪明和灵活,更要拼你的体力和耐力!总之,要能独当一面,要对搜救犬的生死负责,要像别的消防员那样冲锋陷阵,总不能指望兄弟们来帮你吧?”

班长掏心窝子的话点醒了委屈巴巴的沈鹏。他原先以为,当训导员可以舒适些,而训导员的责任让他一下子明白,必须认真减肥、训练，提升自己的各项技能，把每次训练当成一块磨刀石。经过集训后，沈鹏由一百八十斤瘦到了一百三十斤，各个基础项目全部达标，在消防大熔炉中淬炼成了一块好钢！

新兵集训后，沈鹏来到南京消防搜救犬中队。欧阳洪洪带着冰洁，司凯带着小黑，那些训导员训犬的样子实在太帅了！

沈鹏小时候养过一只小狮子狗，那是他在垃圾堆边上捡到的，浑身都是灰，可脏啦！沈鹏给狗狗洗了澡，修理了毛发后，发现它其实蛮漂亮的，毛色像雪一样白，就给它起名叫小白。

那时，沈鹏每天给小白洗澡、喂食，狗狗每天都守在门口等他放学。在每一个父母不在家的夜晚，小白就是沈鹏最好的伙伴，听他说话、讲心事，抚慰着他的孤寂。只可惜，有次沈鹏上学的时候，家人没有看好小白，小白独自跑了出去，被一只凶狠的土狗给咬死了。

沈鹏伤心极了，好几天都吃不下饭，从此再也没养过狗。当沈鹏再一次看到操场上搜救犬训练的雄姿，忍不住心动了。他分明感觉到，这些听话又聪明、强健又灵活的狗狗精英们给了他一股阳光向上的力量，能训练搜救犬是他的梦想。当初，刚到南京消防报到，班长问新兵想去哪个中队，班里十一人中，只有沈鹏站出来说想去南京消防搜救犬中队。

南京消防搜救犬中队的每一个训导员都有自己的犬，沈鹏也分到一只拉布拉多犬，名叫思冰。这只老犬的主人刚退役，于是，中队就把它分给沈鹏练练手。

队长告诉沈鹏："思冰是参加过好多次救援的老犬了，岁数大了，身体不好，你带它时要注意照顾好它的身体啊！"

沈鹏接手思冰时，内心对这只老犬升起了一股敬意。他每天都牵着思冰在操场上散步，一遍又一遍地给思冰洗澡、刷毛和按摩，还自己掏钱给思冰买火腿肠、鸡蛋。别人带犬激烈地奔跑、衔取，而沈鹏就带着思冰慢慢地溜达，就像照顾老弱的病号。

欧阳洪洪当了班长后，不只要带冰洁，还要负责全班的训练。他看到沈鹏这样照顾思冰，便提醒沈鹏说："思冰虽然年纪大了，但还是能训练的，你千万不要太娇惯它。否则把它养懒了，哪里还有斗志？"

沈鹏一听，觉得欧阳洪洪说得有道理，便尝试着把思冰带上操场。可是，习惯了沈鹏无微不至照顾的思冰有点儿迷恋"温柔乡"，对训练项目爱答不理的。看它提不起精神，沈鹏就想尽办法调动它，可思冰都没什么兴趣。没能让思冰学会更多的技能，沈鹏感到有些失落，甚至有些挫败。

老资格训导员有什么高招？沈鹏留意起了司凯和小黑。

德牧小黑是汶川救援的功勋犬，被司凯调教得有模有样。一次，沈鹏带着思冰路过，看到司凯在训练小黑，小黑一个口令没有做到位，司凯便立刻给它警示的手势，小黑还做不好，思凯就毫不留情地训斥了它，看得沈鹏很是心疼。

沈鹏跟司凯说："你的小黑已经很棒了，汶川救援还受过伤，你为什么还这么苛求它？态度还这么严厉？"

司凯说："该照顾的时候，我会照顾它的。但训练要有训练的样子，如果松松垮垮的，不如回去休息呢！"

沈鹏说："真羡慕你的小黑，多少项目都名列前茅。你看我的思冰，我都没跟他发过火，但它也没给我留面子。"

司凯笑了："所以啊，思冰在你手里越来越不像一只搜救犬了，都快成宠物狗啦！我们在南京消防搜救犬中队训犬，就是养着它们练几招吗？不是的，我们是在培养救灾的战士！适当的强度，必要的惩罚，都是要有的，不然就会让你的犬失去进步的动力，你就算给它奖励，它也不会珍惜的。"

沈鹏意识到司凯讲得有道理。因为自己对思冰的放任，导致它被惯出了一些坏毛病，学东西也比其他犬要慢些。不过，沈鹏特别疼爱犬，他"超级奶爸"的名声早就传出去了，每当其他训导员有事不能带犬的时候，都喜欢把自己的犬拜托给沈鹏照顾。

就这样，沈鹏照顾了不少搜救犬，有思冰、尔钢、冰洁、小黑等，中队所有的犬几乎都跟沈鹏很熟。沈鹏也认为，自己对狗狗有一种天然的亲近，很容易跟狗狗打成一片。

小黑似乎是一个例外。

一次，司凯有事外出，就把小黑委托给了沈鹏照料。可不知为什么，小黑有些清高，总对沈鹏爱答不理的。因为只是临时帮个忙，沈鹏并不指望能被小黑接纳。慢慢地，照料小黑的次数多了，沈鹏觉得小黑好可爱，心底好像有一种特殊的感情在滋长。尽管小黑不冷不热，眼里只有司凯，沈鹏倒是很大度，他能理解小黑的忠诚，每次还是细心地照料它。

离别的日子总是不期而至。

2010 年是司凯作为一级士官期满退役的年份，他从 2007 年接手小黑已经三年了，这三年在人的一生中可能只是某一阶段，可对狗的一生来说，却是从青少年步入中年的最好年华。在小黑的眼里，司凯不只是训导员，还是陪伴自己走过半生的亲人，情感上非常依赖。

考虑到司凯 11 月退役离队，中队领导怕小黑不适应，趁司凯还未离去时，就把沈鹏找来，交给他一个新的任务，提前三个月接手小黑，给小黑喂食，带小黑训练，想让小黑提前接受这位新主人。

得知自己能带小黑，沈鹏很意外，也很开心。别看沈鹏平时不爱说话，好像是一个粗线条的人，但对狗狗可比一般训导员细心多了。司凯也知道沈鹏的优点，听到中队领导的安排，司凯感觉挺放心的，自己走后，把小黑交给沈鹏照顾无疑是最好的选择。

其实，沈鹏打心眼里喜欢小黑。并不是小黑汶川英雄的光环太过耀眼，也不是小黑在司凯手下的表现太过优秀，而是沈鹏希望自己有这样一只健硕又忠诚的爱犬，威风凛凛，气宇轩昂，能带它一起建功立业。

这也难怪，沈鹏之前分配到的老犬无论怎么训都不灵光，他的心里特别别扭。此时，司凯要退役了，沈鹏可以名正言顺地带小黑了，这不正是他这个训导员的好机会吗？沈鹏对自己也很有信心，他觉得自己一定能把小黑给训好！

“小黑，以后我就是你的新主人了！自我介绍一下，我叫沈鹏，姓沈，名鹏，大鹏展翅的鹏，很威风吧？”

谁知小黑朝他“汪汪”叫了两声后，就不搭理他了。

沈鹏笑笑：“没关系，来日方长嘛！”

司凯开始有意识地缺位，沈鹏慢慢接手给小黑刷毛、喂食，弄得小黑很舒服。小黑感觉到了沈鹏的善意，但它还是不肯跟沈鹏去训练，依然只听司凯的口令。

司凯退役的日子一天天临近了，终于到了即将离队之际，这天司凯像往常一样，带着小黑做了最后一次训练。

小黑听着司凯的口令蹦跳、转圈、过障碍，开心极了。晚上，司凯来到犬舍，带来了自己买的精肉火腿和牛奶、鸡蛋，他以前一向严格按照搜救犬的食谱给小黑喂食，从来没像今天这样宠溺过它。

小黑有些受宠若惊，在思凯身边蹭来蹭去，开心地叫着，然后便津津有味地吃了起来。司凯抚摸着正在吃食的小黑，手掌不停地滑过它的脊背，嘴里喃喃自语：“小黑，你知不知道有句话叫‘天下没有不散的筵席’。我今天给你带了些好吃的，想看着你吃完，是因为我明天就要退役了，你知道这是什么意思吧！我要离开南京了，我的父母在等着我，我就要和你分手了……”

司凯的声音有点儿哽咽，鼻子一酸，眼睛就泛起了泪花。他收起伤感，勉强地朝小黑笑笑，泪水却止不住地流下来。

小黑抬头看了看眼前的主人，正在咀嚼的嘴忽然停止了，疑惑的眼神呆呆地盯着司凯的眼睛，仿佛听懂了主人的意思。

司凯接着说：“以后啊，就是我的同事沈鹏来带你啦！你放心，沈鹏心地很好，他很喜欢你，你跟着他不会受苦的。对了，你也要乖一点儿，要听新主人的话，好好训练，好好生活，好吗？”

司凯掏出手机，打开相机模式，然后凑到小黑的脑袋跟前，给自己和小黑来了一张合影，然后紧紧地抱住了小黑……

小黑是聪明的，它似乎早就从司凯时而消失的举动中有了些预料，此时，一串泪珠从它的眼角悄悄溢出。

忍痛告别了小黑，司凯又来到沈鹏的宿舍。他含着泪，跟沈鹏动情地说：“兄弟，以后小黑就拜托给你照顾了。”

“凯哥，你放心，我会照顾好它的！”

“你为人细心，性格又好，小黑跟着你，我很放心。只是小黑年龄比较大了，在汶川救援时又落下了不少病根，有膀胱结石，肺也不好，你多看着它点儿。它哪里不舒服，要马上带它去医院看看。”

司凯平时不多说话，这会儿却变得婆婆妈妈的：“对了，它吃饭也要多注意，尽量给它吃软一些的食物，还要给它喝够水。平时多遛遛它，但运动也不能过量……别忘了买护心膏，尽量多照顾它吧！”

“好嘞，凯哥，我记住啦！”

沈鹏答应得非常爽快。

司凯拍拍沈鹏的肩膀，转身要走，但又似想起了什么，回过头来说：“小黑也不像你想象中那么听话，它有时候也会撒撒娇，发发脾气。我以前对小黑要求很严格，一个动作要它反复地做，有时候它训练不到位，我还用杆子打过它。以后你就少打它吧，毕竟年龄大了……”

“凯哥，我喜欢它还来不及，不会打它的，别忘了小黑可是我敬仰的英雄呢！我相信它一定能很快接受我的。”

面对沈鹏的信心满满，司凯依然带有一丝担忧：“以我对小黑的了解，它是一只很重感情的狗，恋主是必然的。”

“是啊，我感觉到了。”

“你想让小黑听你的话，让它接受你，就要百分之百地对它好，不，要百分之三百地对它好。相信你一定能做到！”

“一定！”司凯和沈鹏郑重地握了握手。

司凯走了，连续好几天都没有在小黑的面前出现，来喂食打扫的人也换成了沈鹏。

小黑根本不搭理他，一副没睡醒的样子。沈鹏喂了食，上前抚摸它，它也没什么表示，好像司凯离开都是沈鹏的错。小黑的神情好像在说："我跟司凯是什么交情？曾经生死相依。就你沈鹏，靠边吧！"

沈鹏打开铁门，示意小黑出来，小黑情绪很低落，不愿意走出它的犬舍，只呆呆地望着外面，好像在等司凯，它觉得司凯肯定不会走远的。那份痴情，让沈鹏非常感动。

小黑对沈鹏反感，沈鹏当然知道。小黑经常趴在犬舍的一角，好像对什么都没兴趣。沈鹏每次去喂食的时候，小黑都会"呜呜"地嘶吼，吃的食物也很少。沈鹏见状，内心十分不安。

沈鹏请欧阳洪洪来帮他看看，确定小黑并没什么病，判断还是主人换了，一时不适应，需要耐心地接触，逐步加深感情。沈鹏开始和小黑拉家常了："以后咱俩天天在一块，你也改个霸气的名字好吗？"

"小黑，你不小，也不黑。对了，叫你沈虎行不行？我是天上飞的猛禽，你是地上跑的猛兽，咱俩多般配啊！"

"以后就叫你沈虎！沈虎！"

沈鹏自顾自地跟它聊东聊西。

沈虎，这个像是沈鹏兄弟的名字，是沈鹏和小黑建立感情纽带的起点。欧阳洪洪也经常过来当沈鹏的军师,探讨怎么取得沈虎的信任。沈鹏对欧阳洪洪说:“我常常会想到司凯的嘱托,要用百分之三百的爱心来感化它。”

上岗

2008年12月，另一个19岁的小伙子吴杰敏也来到南京消防搜救犬中队。当他听说了汶川地震抗震救援的英雄故事，尤其是欧阳洪洪与冰洁、司凯与小黑的搜救传奇，不由得心向往之。只是，他当时在消防队伍担任战斗员，而成为一个训导员，还要到四年之后。

吴杰敏生于1987年11月，安徽合肥人，父母是常年在南京各个工地谋生的打工族，从运送土方、货车运输、工地劳务，到最后的涂料生意，可以说是敢闯敢拼的一对夫妻。在家的儿女永远是父母奋斗的动力，却也得承受缺乏父母陪伴的苦楚。

吴杰敏从小仿佛被丢在遗忘的角落，只能跟爷爷奶奶相依为命。他最讨厌的天气是刮风下雨，每当冰冷的雨水“滴滴答答”地打在教室的玻璃上，他都能看到班里其他小朋友像小鸡一样，飞奔向门口拿着雨具的爸爸妈妈，而自己呢，爷爷奶奶因为年纪大了，根本没法走远路来接他。

无论雨下得多大，他都只能一个人跑在冰冷的雨中。倾盆而下的雨水落在吴杰敏的身上，然后化成苦涩的眼泪落在他的心里。

也许是因为一直没有父母陪在身边，吴杰敏从小就性格内向，家里能给他以心灵抚慰的，是一只有着黑白相间毛色的小土狗。这只中华田园犬是隔壁村民家的大狗生的，这大狗一窝生了好几只小狗。

小狗的眼睛真亮，呆萌萌地望着四周，既惊惧，又带有些许好奇。吴杰敏从毛茸茸的小狗眼里，仿佛看到了自己。于是，吴杰敏便央求邻居送给他一只小狗，当他把一只小狗搂在怀里时，顿时觉得不那么孤单了。为图个吉利，他给小狗起名叫旺财。平时日子节俭，饭桌上都是青菜、萝卜、山芋，连鸡蛋都很少见，可逢年过节家里添些肉，吴杰敏都不忘偷偷分给旺财吃。

不知不觉中，旺财从一点点小长到二十多斤了，神气活现的，不仅成了吴杰敏的贴心好朋友，还是看家护院的好手。

带旺财跑步和锻炼的过程中，吴杰敏也喜欢上了运动，他足球踢得好，篮球打得也很棒。跟他一起锻炼的小伙伴都很佩服他："你厉害！像个特种兵！"

在回家的路上，吴杰敏就会问他的旺财："你觉得我可以当兵吗？做一个钢筋铁骨的特种兵，好像很酷！"

旺财听了，不停地冲他点头、摇尾巴。

反正它觉得主人的话都是对的。

吴杰敏报名入伍了，临别时，他与自己的旺财惜别，然后便来到了南京消防搜救犬中队。一次动员，一顿面条，开启了新兵训练的生活。他没有成为一名特种兵，却成了一名同样可以上刀山、下火海的消防员。

当时，消防员属于武警，并不亚于特种兵。在集训队，他每天早上四点五十起床，五公里长跑，爬梯子上百趟。“快，还要更快！”班长掐着表，哪怕最后班里只有一个人超时，对不起，要惩罚整个班。这样严苛的训练环境，曾让吴杰敏很不适应，甚至一度有些迷茫。然而，就在他生日那天中午，食堂里却出现了男声大合唱：“祝你生日快乐，祝你生日快乐……”

兼任集训队队长的消防特勤大队长托着一个点缀着水果和糖霜的生日蛋糕，笑着出现在吴杰敏的面前：“生日快乐，吴杰敏！我们团队因为你们的到来而更加精彩！”新消防员的集训一直严肃而紧张，这突如其来的脉脉温情冲击着吴杰敏的泪腺，一种集体的温暖如浪潮般向他袭来。

从此，吴杰敏训练更加刻苦了，在每一次消防实战训练中，他作为一号战斗员，总是扛着水带第一个往前冲。经过消防队伍的反复锤打，吴杰敏改掉了在家时的散漫习性，成长为一名本领过硬的消防员。在参加南京消防支队的各类比赛时，他取得了优异的成绩：长跑个人第八名，登山比赛团体第一名、个人第九名！

消防员凭借的就是能力。吴杰敏跻身于消防种子选手，显然，这个年轻小伙子会在消防战斗班崭露头角！

然而，2012 年 1 月 18 日的一纸通知改变了吴杰敏的人生走向。那天队长召集消防员开会，并发布了一个通知：南京消防搜救犬中队在全市范围内招训导员，名额有限，要经过选拔，有意者可以报名。

散会后，消防员们一起议论着刚才的通知内容。

“训犬员？是养狗的吧？”一声发问，让众人“呵呵”地笑了起来。

“不对，不可能是养狗的。你们又不是没见过，那些狗狗在搜救犬中队被训犬员带得多听话，既能钻火圈，又能走钢丝。严格意义上说，这训导员应该相当于动物园的驯兽师吧！”

“哈哈哈……”笑声阵阵，气氛很是欢乐。

有人问：“我想养狗，但咋养？需要啥条件？”

“你都没养过狗，算了吧！”

“你看通知上不是说了嘛！要成为训犬员，最好是养过狗的，熟悉狗的习性，对狗要有爱心！”

“这跟养小孩一样，要给狗洗澡、喂食、打扫卫生……”

“那算了，这么麻烦啊！”

“是啊，我哪有信心照顾好小动物哟！”

大家你一言、我一语地聊着，吴杰敏却没有说话，而是找到队长，把通知书要过来，仔细地读了一遍又一遍。

吴杰敏说:“我要报名。”

队长很惊讶:“吴杰敏啊,你是我们消防大队的训练尖子,留在我们这里不是很好嘛！马上就要进行消防比武大赛了,我还打算选拔你去比武呢！留在消防中队可比训犬立功受奖的机会多啊！”

吴杰敏腼腆地说:“队长,我是真的喜欢狗。”

队长苦口婆心地相劝:“可你要是到了消防搜救犬中队,你的体能优势就发挥不出来了,当训导员需要耐心和细心。”

“没关系,我不想放弃。”

“选不上也不后悔?”

“不后悔！”

吴杰敏所在的夫子庙消防中队,只有他一人报名训导员。报名的人少,吴杰敏反而很开心。他觉得这样就不会有激烈的竞争了,可事实远非他想象中那么简单。按照规定,报名当训导员的消防员都要先到消防搜救犬培训基地培训,然后择优录取。第一次来到培训基地的吴杰敏,看到了各种各样的名犬,黑贝、马犬、德牧、史宾格、拉布拉多……

这些犬生龙活虎的,比他家里养的旺财可精神多了！吴杰敏看得眼花缭乱,兴奋无比。听说报名者超过了录取人数,意味着有人要被淘汰。别人无所谓,他志在必得,可也有些紧张。

培训课程正式开始,教官都是在训犬领域十分有研究的专业权威。老师授课，吴杰敏和学员们纷纷翻开笔记本，记录着有关犬类的基本知识：训犬的基础理论，人与犬如何培养亲和关系，以及怎么带犬散步、给犬喂食、帮犬梳毛。原来做一个训导员，方方面面都有讲究呢！

教官告诉大家："课程结束后，你们每人都会分到一只犬试养。在试养的过程中，大家要好好运用学到的理论，并用理论来结合实践。我们也会根据你们的表现，决定最终留在搜救犬中队的人员。"

吴杰敏分到的是一只拉布拉多犬，起名叫黑贝。

一般来说，黑贝之名，常用于德国牧羊犬，而吴杰敏的黑贝，却是一只毛色漆黑铮亮的拉布拉多犬，它产自英国，体态强壮，个性活泼，没有攻击性，智商很高。

黑贝给吴杰敏的第一印象是：动作矫健，身体结实敏捷，警惕又充满活力。

说是试养，领来黑贝的吴杰敏却不打算换狗。黑贝毕竟是英国名犬，它的体长略大于身高，身体平滑，走起路来非常平稳，它与吴杰敏的理想犬种相吻合。

吴杰敏平生第一次可以训一只名犬，他对黑贝非常喜爱，他要加倍努力，争取成为它的训导员。

怎么跟黑贝培养亲和关系呢？吴杰敏拿出小时候对待小土狗旺财的热情，观察黑贝喜欢吃什么，如果黑贝吃不过瘾，他就把自己的荤菜分给它吃，他还给它洗澡、刷毛，陪它散步，帮它打扫犬舍。吴杰敏的上衣口袋里一直装着一个小本子，随时记录黑贝的各种情况。

他发现，黑贝体形壮硕，看起来很凶，其实只是性格比较直接、大胆而已，只要人对它没有恶意，它就对人没有敌意。他还明显地感觉到，黑贝从最初的冷漠到渐渐的信任，再到不再固执地拒绝他的安排。

其实，不但吴杰敏在了解黑贝，黑贝也在了解他。他很开心，黑贝容易与人亲近，是一只懂事听话的犬。无论是给它喂食，还是给它洗澡，吴杰敏的基本口令，黑贝都是明白的。每次吴杰敏喊黑贝做一个训练动作，它也会服从，但是它有一个严重的问题，那就是不会叫。一晃两个月过去了，黑贝除了饿的时候会发出一些“哼哼”声，其他时候都安安静静的，哪怕拍它一巴掌，它都不出声。

他问教官：“老师，我的犬不会是哑巴吧？”

教官笑了：“不会的。引进的新犬，都经过健康体检的。”

“哦。”吴杰敏还是有些不明白。

正巧，欧阳洪洪带着冰洁来到了消防搜救犬培训基地。吴杰敏早就与他相识，看他把犬带得极有灵性，赶紧上前请教心底的疑问。

“欧阳班长，我的黑贝为什么不叫呢？”

“正常的犬都是会叫的，即使它平时不想叫，但在饥饿、害怕、陌生等特殊情况下也会叫。至于它为什么两个月都没叫，也许是你寸步不离地照顾它，让它太有安全感了吧！”

“欧阳班长，你有什么高招？”

“我来教给你一个方法吧！”

月光如水的晚上，吴杰敏开始用新方法来训练黑贝了。他把黑贝带到了一片小树林里，并把牵引绳拴到了一棵树上，然后就头也不回地径直离开了。这就是教官所说的，利用狗对黑暗的恐惧和对训犬员的依赖，引出它本能的恐惧，进而发出叫声。

果不其然，黑贝东张西望，以为主人就在旁边，不当回事。当吴杰敏真的离开了，走了大约五十米，他身后果然传来了“汪汪”的叫声。吴杰敏开心极了，立即返身回去，把黑贝紧紧地搂在怀里。

他拿出准备好的肉肠奖励给黑贝。

如此这般反复操作，黑贝很聪明，知道主人喜欢它叫，就叫个不停了。别小看狗叫，这可是搜救犬必须学会的技能。在灾难现场，搜救犬在遇到生命迹象时，会用叫声连续示警一分钟到三分钟。狗在这头，人在那头，搜救犬只有一直叫，才能增加救援的机会。这个技能，黑贝很快就掌握了。

到了遴选训导员的时候，受南京消防支队的委托，消防搜救犬培训基地教官要对报名训犬员的消防员进行评估。结果，吴杰敏的评分较低，最拉分的一项是性格内向。是的，这小伙子总是不言不语的，好像跟搜救犬交流不充分，跟那些性格外向、爱说爱笑的人相比，没有什么优势。

集训队李队长找吴杰敏谈心。

“吴杰敏啊，我们觉得你不太适合训犬。”

“不适合？我觉得挺适合啊！”

“你体能这么棒，更适合当消防战斗员。”

“我不想回去，队长，我喜欢训犬。”

李队长只好说了实话。

“送你来的单位想让你回去呢！”

“我会比别人更努力的，让我留下吧！”

看吴杰敏态度坚决，李队长松口了。

“好吧，再给你一次机会！”

“我会把握好的。”

“你行，你的犬就行！”

好胜心强的吴杰敏就是要证明自己，他不分昼夜地跟黑贝腻在一起，用老师教的理论结合实践来磨合与训练。黑贝真给他长脸，训练后，他的口令黑贝全能听懂，只要他喊出动作，黑贝就会不打折扣地完成。他给黑贝的奖品很“高级”，一口气自费买了一百多根训狗用的牛肉肠。

黑贝的出色表现,是最好的答卷。

吴杰敏永不言败的精神打动了评委。

接到被选用的通知后,他给欧阳洪洪打了电话:“我当上训导员了。”

欧阳洪洪祝贺他:“心想事成,你真行!”

强者

长江后浪推前浪，这用来比喻搜救犬很形象。

搜救犬的生命只有十几年，它们的青春期也很短暂，而且它们的成长速度还很快，四季交替，几度花开花落，一只年轻的狗狗就衰老了，走向暮年的最后时光。

狗狗度过的一年，相当于人类度过的七八年，这些聪明机灵的小生命真的是度年如日。

一代老犬的退出，意味着一代新犬要闪亮登场，南京消防搜救犬中队适时引进一批新犬，而且有老训导员要退役，也要及时地补充新鲜的血液，人与犬的更新换代，带来了新鲜的活力。

“冰洁，上去！”

“冰洁，过来！”

欧阳洪洪对冰洁的操练虽带有一定的表演性，但能达到人犬合一的境界，所以这成为新消防员观摩的保留节目。

当年在汶川救援时带冰洁出生入死的欧阳洪洪已是一个成熟稳重的班长，他的使命是带好年轻的训导员，把搜救犬的管理技巧和训导技巧，把消防搜救犬队伍的优良作风，原汁原味地传承下去。

“90后”的杜旭斌最佩服欧阳洪洪和冰洁。

“小杜，你为什么要训犬？”

“欧阳班长，你是我的榜样！”

杜旭斌，1994年生，河南汝州人。他在大专期间学的是畜牧兽医专业，所以对小动物并不陌生，甚至在不少方面还是挺内行的。小杜家在农村，有姐弟六人，前面五个都是姐姐，他排行老六。

或许是中原地区受传统思想影响太深，所以父母有点儿重男轻女，杜旭斌作为家中最小的男娃，从小就备受宠爱。

但是，杜旭斌仍向往当一个真正的男子汉。当杜旭斌决定报名消防员时，家人都不同意，一连跟他吵了好几架。父母希望家里唯一的儿子在大学毕业后找个稳定的工作，姐姐当然也舍不得弟弟出远门。杜旭斌是个很有主意的小伙子，决心像颗扎在水泥墙里的钉子，谁都动摇不了。

2016年5月，南京汤山士官学校招收士官，杜旭斌报名被录取了，在接受了三个月的培训后，他于12月被直接分到了搜救犬中队，也许是考虑到了他学的专业吧！杜旭斌小时候养过小土狗，毛色黑黄，圆嘟嘟的，起名叫球球。可是没养多久，球球就被人偷了。杜旭斌十分伤心，导致六年没再养狗。

六年后，杜旭斌上大学了。有一天，他在学校道路旁边的垃圾桶里发现了一只流浪狗，它从眼神到毛色都十分像被偷走的球球。他忍不住动了恻隐之心，将这只流浪狗偷偷带回了宿舍。

出乎杜旭斌的意料之外，养狗这件事居然得到了舍友的全力支持，四五个男生轮流给狗当“爸爸”。流浪狗被清洗一新，成为大家都喜欢的明星。今天你来洗澡，明天我来喂饭，后天他来带出去遛弯儿。有个同学说，狗要好养活，名字就得起得越贱越好，于是，男生们便给它起名叫二狗。

一帮大男孩天天二狗长、二狗短的，把它当成了一个玩伴，而二狗也为他们的生活增添了许多乐趣。当时，杜旭斌考虑到自己学的是兽医专业，曾想毕业后开个宠物医院呢！

尽管大学学的专业对口，可杜旭斌到了搜救犬中队，新兵班长对他的训练仍然不肯“放水”，盯着他练体能，也让他学训犬的招数，各种犬都让他接触和尝试。很快，杜旭斌就适应了搜救犬中队的生活，被允许带犬了。短短一年时间，杜旭斌就从第一只狗带到了第五只狗，这第五只狗是一只史宾格犬。

当杜旭斌第一次见到这只狗的时候，它才六个月大，但给他的第一感觉就是漂亮，身体比例匀称，动作敏捷，摇头晃脑，可爱极了。最让他激动的是，它与欧阳班长的冰洁都属于史宾格犬，出身于血统高贵的精英家族，只是冰洁是黑白毛色的，它是黄白毛色的，优雅而有力，真好！

给搜救犬起名，这是每一个训导员的权利，可以沿用之前的名字,也可以另起一个叫着顺口的名字。杜旭斌想到了五,这是他的幸运数字。五个姐姐,五朵金花,他是一片绿叶。而且,这只狗也是他带的第五只搜救犬,他跟五字有缘,那就叫它小五吧!

小五属于慢热的性格,它刚看到杜旭斌时会躲闪,可能还是有些陌生。后来慢慢熟了,小五便展现出了史宾格犬的本性,它头脑灵活,待人友善,很在意主人的亲近和赞扬,而且乐于服从。

杜旭斌喜外望外,能和冰洁一个血统的名犬一起迎接挑战,真是一件幸事。

自从有了史宾格犬小五,杜旭斌非常开心,怎么看它都顺眼,总感觉它的骨子里有一种不甘落后的潜质,有实力在全国搜救犬比赛中拼杀一番。信心满满的杜旭斌,在小五身上耗费了大量的心血。

可是天有不测风云,一次,杜旭斌在带小五翻越障碍时不小心摔了下来。狗狗的弹跳力强,"扑通"一下落地,打个滚儿就站起来了。可杜旭斌就没那么幸运了,狠狠地砸在地上,锁骨都骨折了。

伤筋动骨一百天,杜旭斌只得养伤,恢复了好长一段时间。他不在,小五不肯听别人的号令,所以当年的搜救犬比赛就没能参加。很多比小五资历浅的搜救犬都跟着主人取得了好成绩,杜旭斌感觉特别对不起小五。

抱着小五，杜旭斌有些伤感地说："我知道狗的一年是人的七八年，你的时间很宝贵，是我拖了你的后腿，耽误你了……"

小五仿佛能听懂杜旭斌的话似的，它用温柔的眼神看着他，不停地用鼻子蹭他的脸，用它的方式安抚着主人的情绪。

这不是倒过来了嘛！本来是他要对小五说对不起，可小五却用肢体语言和他说没关系，杜旭斌真的好感动啊！

2017年春，杜旭斌的骨伤痊愈了，他穿上消防训练服，还是依然英气勃勃，脸上也满是自信。他要带小五好好地练，练出一身本领，让它在救灾现场出类拔萃。他知道，补偿小五的最好办法不只是吃好玩好，还要把错过的荣誉夺回来，让它在消防搜救犬中成为佼佼者！

欧阳洪洪提醒杜旭斌注意身体，毕竟有过骨伤，可是，重上训练场的杜旭斌却成了"拼命三郎"。要想增强小五的体质，就要按时带它锻炼，并逐渐增加难度。由于训练量比较大，杜旭斌怕小五缺钙，就喂它吃鱼肝油，还给小五喂食提高免疫力的营养药。一周洗一次洗澡，一个月驱一次虫。琐碎的日子，细微的关照，杜旭斌都是带着十二分的热情去做的。

杜旭斌的努力没白费，小五很争气，在中队考核中名列前茅，并成为搜救犬中的主力。

连云港市化工园区制药厂发生爆炸事故，南京消防搜救犬中队接到增援任务，杜旭斌带上小五去现场搜救。

爆炸后，烟雾仍在缭绕，一阵阵地刺鼻难闻。杜旭斌被熏得想吐，气都喘不上来了。跟着他的小五似乎也不太妙，歪歪倒倒的，没了平时的神气。可是，小五随主人在废墟上前行时，却一步不落，仔细地嗅来嗅去。爆炸后的厂区一片狼藉，小五钻进碎砖满地的房间，找到了躺在角落的伤者，然后狂叫起来。杜旭斌听到了，赶紧通知搜救人员，把昏迷的伤者给抬了出去……

当杜旭斌抱着小五走出爆炸现场时，小五呼吸急促，好像没什么力气，杜旭斌赶紧带它去找救援队医生检查。化学物质泄露，刺激了小五的眼睛，杜旭斌帮它清洗，它听话地躺着，任凭主人摆弄。杜旭斌很难过，他看小五身上还有伤口，所以不敢用力，生怕碰疼了它。

化工园爆炸后的搜寻，给小五留下了后遗症，它的眼睛从褐色变成了微蓝色，视力也大不如以前。医生开了些眼药水，杜旭斌帮它点，可是却不见好转。医生说，这只狗要停训了，你们好好照顾它吧！

小五躺在杜旭斌的怀里，很安静。

杜旭斌的泪，滴在小五的腮旁。

“小五，你知道吗？你是个英雄。”

小五因伤荣退了，可杜旭斌的训犬工作却没有停。

2019 年初，他接手了一只马犬凌霄。

马犬凌霄和史宾格犬小五相比，是完全不同的类型，马犬全称是比利时马里努阿犬，有狼的血统，公认的不好驾驭。这种犬胆大凶猛，攻击力强，不过，它也有优点，警觉性高，嗅觉灵敏，适合搜索和衔取。要想让马犬认可你，就得让它熟悉你的味道才行。

杜旭斌一听到凌霄这个名字，就说不用改了，名字很霸气，而且他还了解到凌霄一词有凌云的喻义。

凌霄原先的主人退役了，它对新主人杜旭斌很排斥，根本就不把他当回事。要想赢得凌霄的好感，就只能主动接近它。于是，杜旭斌每天给凌霄喂饭，用手从它的耳后摸到肩胛，让它慢慢习惯自己的抚慰方式；跟凌霄说话温和柔软，就像对待一个孩子似的；带它出门的时候，一边拿着牵引带，一边掏出好吃的和衔取的玩具，跑三五分钟，给它一个奖励。

相处总是熟悉的开始。一天又一天，凌霄对杜旭斌的态度慢慢变了，不再抵触他。小杜知道凌霄喜欢衔取，就用绳球抛来甩去，激发凌霄飞奔和跳跃的欲望。凌霄把互动当成玩乐，每次训练都兴致高昂的。杜旭斌赢得了凌霄的信任，明显可以看出它对杜旭斌的口令绝对服从。

2019年9月，杜旭斌带领搭档凌霄站上了全国比武比赛的领奖台。他们参加的是箱体搜索项目，需要模拟救灾的严酷情景，难度极高：一个人躲在一堆箱体中，搜救犬要在最短的时间内，靠气味寻找到这个人，这如同大海捞针。最终，他们取得了箱体搜索项目全国第六的成绩，虽然不是前三名，但也体现了救灾的实战能力，可喜可贺。

杜旭斌当训导员的能力突出，对狗的性情了如指掌，这不仅为他赢得了荣誉，也为他赢得了爱情。

为弟弟杜旭斌找对象，五个姐姐自然不能马虎。眉目清秀的吴威是一位语文老师，在杜旭斌回家探亲时，姐姐安排他们初次相见。杜旭斌英俊帅气，性格温和而开朗乐观，吴威一见到他，就心生好感。

她问："为什么喜欢当消防员？"

他说："我喜欢养狗。"

"我也喜欢，可你是消防员啊！"

"我这个消防员就是养狗的。"

吴威听杜旭斌讲搜救犬训练的事情，一下子就来了兴致。巧的是，这个女孩也很喜欢狗，和他有许多共同的语言，一个小伙子对狗这么体贴，做事也十分细心，为人肯定差不了，两人的心越走越近。

姐姐们问杜旭斌："你跟对象都谈什么？"

杜旭斌说："谈狗啊！"

姐姐们问："狗有什么好谈的？"

杜旭斌说："你们真外行，这狗就说来话长啦！"

杜旭斌带着凌霄散步，碰到欧阳洪洪带着冰洁时，他会对凌霄说:“这是我们的功勋犬,快,敬礼!”

有时,欧阳洪洪外出有事,就会把冰洁委托给杜旭斌照料。

杜旭斌还把冰洁介绍给了吴威,让她认识一下这个汶川救灾的英雄。

吴威能感受到杜旭斌训犬的快乐,那是一种发自内心的快乐。因此,杜旭斌跟吴威说他想延期退役,吴威也很理解。

杜旭斌还会给吴威讲身边的犬与人,尤其是沈鹏与沈虎的兄弟之情。

我们在这里暂时按下不表,还是等下回分解吧!

刺头

和杜旭斌一样，周宁博也是“90后”训导员的佼佼者。在全国搜救犬比赛夺得冠军的，除了杜旭斌带的小五，还有周宁博带的无敌。在欧阳班长看来，周宁博是敢打敢拼却又开朗活泼的种子选手。

无敌这个犬名，听起来就有一种毫不客气的骄傲，当初给它起名的主人，仿佛用名字画出了它的神态。无敌简直就是一个刺儿头，一向不好惹，咬伤过很多人和犬，也只有周宁博管得了它。

周宁博和无敌这一对组合，居然拿下了全国第四届搜救犬技术比武野外追踪第一。究竟有什么秘诀呢?

掩饰不住得意的周宁博坦然地告诉消防支队的新闻干事：“因为我理解无敌，也可能只有我能理解它。小时候，我也是个调皮鬼，爸妈都对我很头疼，老师也管不了我，可是，调皮不代表能力差，在做很多事情的时候，只要我顶真起来，都会比别人做得好。”

周宁博第一次接触无敌时，就有一种相见恨晚的感觉。他相信，有点傲气的搜救犬，必然有值得傲气的潜能。

1993 年出生的周宁博，从小学就开始养狗了，所以他一说到狗，就滔滔不绝的。他带有一点儿西北口音，祖籍陕西汉中，是家里的独生子。小时候，家里养过几只中华田园犬，他印象最深的是一只黄颜色的土狗，名叫黄黄，养了三年时间，跟他形影不离的，

眼看着黄黄一天天地长大，抱都抱不动了。

有一天，他放学回来没见到黄黄，院里到处找也找不到，于是，他焦急地问："妈，我的黄黄呢？"

"送人了。"妈妈平静地说。

"为什么呀？为什么？"

周宁博蒙了，气不打一处来。

妈妈说："好多街坊邻居都跟我说，害怕咱家狗伤人，意见都大着呢！送给亲戚多好，家里清净。"

周宁博的眼泪夺眶而出，气呼呼地说："妈妈，我从来没有把黄黄当成一只狗，它是我的亲人啊！"

"傻孩子，你要想养，我们可以再换一只不咬人的狗嘛！"妈妈生气了。

母子俩大吵一架，一连冷战了好几天。

说起这件事，周宁博就心里难受。他外表粗犷，但内心柔软，养过猫，养过兔子，但最喜欢的还是狗。

汉中那边是丘陵地区，周宁博家门前有一条河，过了河是一座山，沿着弯弯曲曲的泥巴路，到学校一个单趟要走五公里。上学时，周宁博住校，周末回家后再去上学时，他的黄黄都会主动去送他，跟着他翻过好几个山头，一路相伴，很远很远。

黄黄对周宁博很依恋，周宁博要赶很多次，它才肯回家。回去也是走几步后躲起来，直到看主人走远了，黄黄才跑回去。每到周五，黄黄还会在上次送周宁博的地方等。周宁博觉得黄黄跟人没有区别，就像他的亲人一样。欢聚和离散，开心和难受，黄黄都懂。也是在黄黄身上，他体会到了什么是万物皆有灵。

周宁博 2011 年入伍，那时消防员还属于武警系列，他是江苏宿迁消防救援大队的一名灭火战斗员，两年后他超期服役转为士官。凭借良好的个人体质和过硬的技能，他在灭火救援中立了三等功，还被选拔参加消防技能比赛。2017 年，江苏消防总队面向全省选招搜救犬训导员，喜欢养狗的消防员会被优先录取，周宁博觉得自己合适，当即就写了申请。

选拔包括体检、理论考试、性格问卷、心理测试等，周宁博都过了关。

面试时，考官问他："对于训犬，你是怎么看的？"

周宁博说："如果你爱狗，养狗就不是负担；如果你不喜欢狗，养狗就会是一项很累的体力活儿。请相信我，我在家就养过狗，会善待搜救犬的。"

来到搜救犬中队以后，周宁博这个有着五年资格的老消防员一切都需要从头再来。养狗与训犬不一样，喂食、梳毛、口令、手势，都有规范要求。在观摩老训导员与搜救犬的表演时，欧阳洪洪带的史宾格犬冰洁给他留下了深刻的印象。冰洁展示了一段六分钟的服从项目，训导员欧阳洪洪远距离指挥，冰洁在台上站立、卧倒、行进、停止，看得周宁博大呼过瘾。

表演结束后，欧阳洪洪上来给大家敬了一个礼，并用一段训练感言表达了对新训导员的欢迎。周宁博这才知道，高素质的冰洁是汶川救灾的功勋犬，已经是一只超期服役的老狗了。这就需要后来者能够接上力，把一批又一批的新犬训练成跟冰洁一样优秀的搜救犬！

周宁博听了，既感动，又热血沸腾。

巧的是，周宁博的班长就是欧阳洪洪，他求之不得，特别开心。

集训快结束时，欧阳洪洪在班上透露了一个信息：这一年的11月，全国第四届搜救犬比武大赛将在济南举行，他们要全力以赴地接受挑战。

人不行换人，狗不行换狗。

周宁博第一次分到的狗叫雷霆，并不出众，只是让他练练手。周宁博看起来大大咧咧的，其实骨子里藏着一股不服输的傲气。没有分到最好的搜救犬，却要当最好的训导员。他根据狗的作息时间，加班加点地训练。每天天还没亮，狗就睡醒了，于是，他也跟着起床，拉着狗一起跑步。晚饭后，班长并没有要求训练，但他也带着狗训练，用动作与物品来吸引狗的注意力。

周宁博起早带晚，琢磨爱犬的习性。可是，他人为地打乱了自己的作息时间，导致内分泌失调，脸上长了不少痘痘。

欧阳洪洪都看在眼里，眼前这个"拼命小子"，让他想起了自己刚进搜救犬中队时的情景，也是这样肯出力，这样不服输。

他不由得感慨："是个好苗子啊！"

南京的夏天烈日炎炎，搜救犬中队的训练场升腾着热浪。还有不到半年时间，就要参加搜救犬比赛了，可有只备赛的犬却出了状况，生了病似的，无精打采地蜷缩在犬舍里。

缺了参加训练的犬，怎么办？

欧阳洪洪当即决定：选新犬，选新人！

他脑海中第一个冒出的名字就是周宁博。

周宁博训犬的热情在中队众所周知，可他带的雷霆却是一只用来练手的老狗，参加比赛肯定不行，要为他选一只新犬。

欧阳洪洪带周宁博来到犬舍，对他说："看看哪一只狗和你有眼缘？"

周宁博用眼睛扫过犬舍，一只不停吠叫的犬引起了他的注意。只见这只比利时马里努阿犬特别不安生，在犬舍里横冲直撞的，仿佛要把犬舍门给撞开，叫声响亮得好像狼的嘶吼，一看就很不好驾驭。

可是，周宁博却相中了这只怪怪的马犬。

“这只凶巴巴的犬挺有个性的嘛！”

欧阳洪洪一听，就觉得周宁博的眼光不俗。

“这可是咱们队有名的刺儿头，又咬人又咬狗。”欧阳洪洪笑着调侃道，“你想带它吗？它的上一个训导员都被它咬过，当时还去打狂犬疫苗了。上次，它的训导员带它到消防搜救犬培训基地学习，这家伙跟人家上海总队的德牧干架，把人家的犬咬得一瘸一拐的，现在还在住院呢！”

“难怪它现在没人敢带。”

“是啊，在犬舍都关了一个月了。”

“是吗？这么嚣张！”听了这马犬的“光辉战绩”，周宁博顿时来了兴趣，蹲下身去细细打量这只犬。观察后他发现，这只犬虽然看着凶，但眼神里透着干净，有一种对自由的渴望。一只猛狼一样生龙活虎的犬，竟然被关在犬舍里一个多月，看着别的犬开开心心地出去游戏，心里当然有落差呀！对犬来说，训练就是游戏，它歇斯底里地叫喊，是希望出来，有参加游戏的资格，仅此而已。

虽然是初次相识，但周宁博似乎对这只马犬并不生疏，好像能读懂它的肢体语言。周宁博靠近观察它的体格特征，发现它眼神锋利，肌肉强健，动作灵敏且富有活力，四肢站立时呈方形，结实而不笨重。

真棒！如果训练得法，这只马犬绝对是有潜力的。

“就它了！”周宁博指着这只犬说。

欧阳洪洪连问两遍：“你确定？确定？”

“确定！”周宁博斩钉截铁地回答，“这犬我带定了，以后就叫它无敌。我看好它，它一旦被训练好了，绝对无敌！”

欧阳洪洪说：“那好吧！你既然对自己和这只犬这么有信心，那就试试吧！但你得给我写个保证书，这只犬一但出了犬门，牵引带不能超过一米，而且一定要抓牢。即日起，这只犬不管惹了任何麻烦，你都要全权负责。”

“行，我写！”

说是保证书，其实是军令状。

周宁博开始着手调教无敌，可每次他一靠近犬门，无敌就朝他乱吼。他并不在意，照常来给它送好吃的，还常常隔着铁栏杆跟它说话。周宁博见无敌的眼神慢慢变柔和了，就小心翼翼地打开犬门。周宁博心里也没底，可如果不勇敢地迈出这一步，是没法继续训犬的。

犬门的锁落下，无敌看到门开了，忽然昂起头大叫一声，“嗖”的一下就冲到了周宁博的身上！周宁博不知道无敌要做什么，会不会咬它，于是他闭上眼睛，张开双臂，干脆豁出去了。

这时，周宁博感觉有两只爪子搭上了他的肩膀，片刻又落了下去。周宁博睁开眼，看到无敌正兴奋地围着他打转，原来这一扑是热情的拥抱啊！

周宁博趁机给无敌拴上牵引绳，然后拍拍它的脑袋说："无敌，从今天起，你自由了！走，咱们出去遛遛！"

无敌跟着周宁博出了犬门，一路上又蹦又跳的，快乐得像个孩子！队友们看到无敌，都知道这只马犬的厉害，就跟周宁博说："哟，把刺头儿带出来啦？行啊！"周宁博得意地说："什么刺头儿啊，它的名字叫无敌！对吧？"无敌仿佛意会了，立马"汪汪"地应答，太给周宁博面子了。

周宁博对无敌特别好，看它喜欢玩什么，喜欢吃什么，都尽其所能地满足它。当周宁博放松警惕，认为已经成功驾驭了无敌时，意外发生了。一天早上，周宁博像往常一样到犬舍给无敌喂早餐，这次他多攒了两个鸡蛋给无敌吃。此时，无敌正在转悠，一看到主人拿来了食物，马上乐颠颠地跑了过来。可还没得周宁博把鸡蛋放到碗里，它就直接一口咬了过来！

顿时，周宁博感到一阵钻心的疼痛，三根手指的背部都留下了牙印，而且还流血了。可是，无敌只顾着津津有味地吃鸡蛋，根本没注意到主人受伤了。周宁博很生气，一屁股坐到了地上。

终于，无敌吃完了鸡蛋，它转过身，看到了主人受伤的手。周宁博不说话，将右手搭在无敌面前，血顺着指头"滴滴答答"地直往下流。无敌顿时像一个做错了事的孩子，低头蹭了蹭周宁博。见周宁博不吭声，它又赶紧用头靠上周宁博的脸，再用舌头不停舔着他手指上的血。这个场景周宁博忘不了。

无敌从那天起变了，不知道它是感觉抱歉，还是想补偿周宁博，它忽然变得好乖好乖，特别努力地配合周宁博训练。

周宁博能感觉得到，无敌开始认真地听他说的每一句话，感受他的每一个动作，它的专业能力也是从那时起突飞猛进的。

周宁博把这件事说跟队友听，好多人都不信，没那么玄乎吧？可是，小周笃定地认为，他与无敌已经达成了一个血的契约。

欧阳洪洪说："你们不信，我信！"

人与犬的默契是能看出来的。

全国搜救犬比武竞赛终于要开始了。无敌精神抖擞，状态很好！周宁博在赛前不停地抚摸着无敌的脑袋，对它说："比赛就要来了，无敌，我相信你可以战胜你的对手，你是最棒的！"

比赛那天，久经沙场的消防员和搜救犬穿着模拟实战的抢险救援服，个个英姿飒爽，周宁博与无敌属于新人新犬新面孔，他们参加的是野外追踪项目，即在空旷场地的废墟中寻找隐藏的被困者。行走的路线按照 Z 字形留有气味，末端模拟昏迷的人在等待着救援。一声令下，搜救犬要凭借嗅觉，按照气味路线找到被困者，然后向训导员示警结束计时。无敌出场了，只见它接到口令后，迅速而矫健地按照 Z 字形快速搜索，最终用 40.77 秒找到了被困者。

近似于实战，难度系数极高。

全国第一！一鸣惊人！

周宁博是伯乐，选中了无敌，然而无敌也不负众望，拿到了属于他们，也属于南京消防的荣誉。

夺得冠军的无敌证明了它的实力，此后它又多次参加了救援，跟周宁博的感情也变得越来越深。周宁博毫不掩饰自己对无敌的偏爱，孩子都是自己的好，就因为“护犊子”，周宁博还跟吴杰敏闹过矛盾呢！

一次外出集训，周宁博的无敌和吴杰敏的新犬黄马在一起玩，原本两只犬的关系不错，头挨头“叽叽咕咕”的，尾巴甩来甩去。不过，狗与狗也会吵架，吵着吵着，两只犬就打了起来。可黄马根本不是无敌的对手，一下子被无敌咬伤了脖子。

吴杰敏一看，当场就向周宁博发怒：“你怎么教的狗？动不动就乱咬！我家的黄马差点儿就没命了，知道吗？”

周宁博也不服气：“无敌已经被我调教得很乖了，绝对不会主动惹事的，就算是它咬了你的狗，那也是正当防卫！”

“正当防卫能把我们黄马咬伤了？”

“你的狗技不如人，赖谁啊……”

两个训导员你一言、我一语，谁也不让谁。从此，吴杰敏跟周宁博就有了“仇”，几个月谁也不理谁了。

欧阳洪洪把他俩找到一起调解。

“你们怎么像个孩子？”

吴杰敏表面上说没事，心里仍有疙瘩。

过了好些天，周宁博主动找吴杰敏聊天：“你说咱们也是二十几岁的大男人了，为了狗搞得跟小孩子赌气一样，真不应该。我跟你道个歉，无论怎么样，无敌确实咬了黄马，都是我不对。”

“狗打架，也不是你的错嘛！”

“我保证不会有下一次了。”

两个训导员冰释前嫌，相视而笑。黄马与无敌也早就忘了曾经的不愉快，它们欢快地在一起打闹、追逐……

大毛

当训导员，带搜救犬，是蒋龙伟的人生理想。他出生于1997年，报到时是所在中队年龄最小的训导员。

蒋龙伟是贵州毕节人，贵州山区特别多，狗可以看家护院，所以家家户户都有养狗的习俗。

蒋龙伟从小就对狗有着天然的亲近感，只要遇到狗，不管凶不凶，他都不怕，喜欢伸手摸摸狗背。妈妈怕儿子学习分神，就是不让蒋龙伟把狗领进门，所以他常常从家里偷拿吃的去喂流浪狗。

2016年，消防救援队伍招收新成员，正在高校读书的蒋龙伟报了名。他被分到南京消防支队，成了一名光荣的消防员。

也是出于对狗的喜爱，蒋龙伟听说有机会当训导员，便毫不犹豫地报了名。南京消防搜救犬中队的考核没有难住蒋龙伟，他如愿以偿，进入了这个与犬作伴的特殊消防群体。有幸的是，欧阳班长是他的师傅，教他训犬的本领。

进入南京消防搜救犬中队后，蒋龙伟听说了消防员与搜救犬的传奇经历，比如欧阳洪洪与冰洁，沈鹏与沈虎，它们的故事大家都耳熟能详，救灾的情景也口口相传，激励着蒋龙伟等年轻的训导员跃跃欲试。

在欧阳班长的安排下，蒋龙伟常去犬舍给冰洁喂饭，照料它的起居，这只功勋犬虽然老了，仍然让他感到很钦佩。

蒋龙伟经常对欧阳洪洪说："如果我有机会拥有一只属于自己的犬，我一定会好好带它的。"

欧阳洪洪说："要是进了新犬，一定先考虑你。"

蒋龙伟说："那好，我等着啦！"

让蒋龙伟没想到的是，还没等中队进新犬，他就被一只"病犬"打动了，不经意地和它有了缘分。

搜救犬中队有一只马犬，名叫大毛，这是一只动作敏捷、性格活泼，而且在所有新犬中都备受瞩目的明星犬。大毛的爱好是游泳，夏天只要看到水塘，不管脏不脏，它都会一个猛子扎进去。这个爱好让它的耳朵灌进了脏水，患上了中耳炎，涂药毫无效果，越来越厉害了。

大毛耳朵难受，没日没夜地甩脑袋。作为一个优质的搜救犬，听觉与嗅觉同样重要，耳疾必须医治。医生建议动手术，要想彻底割掉坏死的软组织，只能把整只耳朵割掉。

下了手术台的大毛，左耳没了。

蒋龙伟接触过大毛，毕竟都在搜救犬中队，大毛比蒋龙伟加入中队的时间还早些，所以在蒋龙伟面前总端着架子，一直十分高傲。蒋龙伟每次跟大毛和它的训导员打招呼时,训导员都会礼貌地回应,可大毛却不理不睬的,不开心了还会冲他吼两声,活脱脱一个“犬中老班长”。

大毛耳朵动手术时只有1岁,当时训导员由于有任务在身,而蒋龙伟却可以机动,于是欧阳班长就安排蒋龙伟全程照顾它。

大毛动完手术后,从医院坐车回中队,是蒋龙伟陪着它的。晚上大毛麻药失效,耳朵疼得睡不好,一会儿就会醒一次,蒋龙伟就看着它睡觉,熬夜陪着它。整整半个月的时间,蒋龙伟就在地上铺个垫子,陪大毛一起睡觉,每当大毛醒来的时候,蒋龙伟就用手轻轻地抚摩大毛的脊背,并跟它说:“不怕不怕,有我在呢!大毛,安心睡吧……”

平时神气活现的大毛,此时浑身没劲儿,蒋龙伟就把大毛当成患病的孩子,帮它倒水、喂药、清洗伤口。看大毛手术后那么虚弱,蒋龙伟就一直尽职尽责地陪护着它,如果中途要输液或检查,蒋龙伟会全程背着大毛来回。

人在患病的时候最怕孤单,狗也一样。大毛从蒋龙伟的陪护中感到了温暖,有蒋龙伟在身边,它感觉非常踏实。从那以后,大毛的眼神总是围着蒋龙伟转,叫声也柔柔的,有着不愿离开的依恋。

狗是不会说话,可心里却跟明镜似的。

就这样,大毛成了蒋龙伟忠实的朋友。不久,大毛的训导员退役了，蒋龙伟顺理成章地接手，成了大毛的新训导员。

这时，蒋龙伟还是把大毛当"病犬"，对它并没有什么过高的期望。找个像冰洁那样厉害的名犬一起建功立业的梦想也被蒋龙伟暂时搁到了一边，反正他看到大毛就开心，平平安安比什么都好。

一只耳的大毛伤口终于长好了，元气也在一天天地恢复。蒋龙伟看它不再是怜悯，而是有些惊讶，好像生病前的大毛又回来了，仍然是那么彪悍，那么灵活。蒋龙伟把它带到训练场上，试着喊一声："大毛，跑！"大毛立马像箭一样飞出去，体能比原来更强了，速度也更快了！

蒋龙伟去请教欧阳班长。

"大毛也能训练吗？"

"当然，你看它多厉害！"

欧阳洪洪的话，给了蒋龙伟以信心。

蒋龙伟转变观念：既然要练，就要把大毛培养成最优秀的搜救犬。蒋龙伟抓紧一切时间训练，大毛也非常听话，好像浑身都是劲儿，一听到蒋龙伟的口令，就立刻执行。

大毛有时也会调皮，听到口令也不动。

有期望，就会有过高的要求。当蒋龙伟看到大毛一切正常，甚至比正常的大毛更棒，心理天平倾斜了，因为他觉得，大毛明明能做好，却不去做好，心里更上火，嗓门也高了起来。

有一次，大毛有个动作学得不到位，又不愿意再来一遍，分明是在捣蛋。蒋龙伟见了，狠狠地训了它一通。

欧阳班长看见了，走过去对蒋龙伟说："小蒋，有上进心是好的，但不能急躁。人掌握一种技能都要反复练，狗更是如此，一个口令要训练上百次才会有效果呢！你不要急，慢慢来！"

伴随着汗水挥洒的日子，训练场上时常有两对师徒的身影，一对是欧阳班长和冰洁，一对是蒋龙伟和大毛。欧阳洪洪耐心地教导蒋龙伟训犬，小到一个口令，大到一套动作，毫无保留地教给了新人。

冰洁也是师傅级别的，当它在犬舍外遛达，看到大毛在训练，就会目不转睛地盯着大毛的动作，眼睛里闪着光彩。

当大毛完成了一个漂亮动作，它就会叫几声，仿佛在鼓励："不错！加油！"

当大毛做错了动作，它也会大叫几声，似乎在说："你做得不对！"

冰洁也像欧阳洪洪那样当教练啊！

欧阳洪洪的耐心给了蒋龙伟以启发，他按照欧阳洪洪教的训犬方法，把立、行、卧等动作连贯练习。蒋龙伟的训练方法，大毛的搜救动作，都在训练场上进步着，逐渐形成最佳的默契。

能不能参加全国搜救犬比赛？说了不算，要比了才算。一只耳的大毛能胜出？没几个人相信。欧阳洪洪告诉蒋龙伟，你相信它就行。于是，蒋龙伟带着大毛在中队里力克群雄，拿到了全国搜救犬比赛的入场券。

那天是障碍爬科目，大毛跑完障碍后，蒋龙伟发现它的腿被划了一道大口子，他的心里顿时特别难受，怪自己太粗心了。医生缝针时，大毛躁动不安的，谁摸它，它就咬谁，只有蒋龙伟的安抚才能让它放松。

大毛跟着蒋龙伟连续参加了第五、第六届全国搜救犬比赛，分别获得第六、第五的好成绩。可是，蒋龙伟对大毛怀有愧疚，总觉得自己没有照顾好它，因为每次比赛大毛都很拼，总是会受伤，大毛在以自己的方式对主人报恩吧！大毛的信任让蒋龙伟倍加努力。

因为大毛出色的搜救能力，在全国的搜救犬中都很出名，大家都叫它“江苏一只耳”。

一个春日，沿海一家化工厂发生爆炸。南京消防支队接到救援命令后，立即组织各消防救援支队奔赴响水。危机时刻，南京消防搜救犬中队的人与犬都出动了，欧阳洪洪带着冰洁，蒋龙伟带着大毛……

当时是蒋龙伟第一次参加大型救援。距离爆炸点越来越近了，虽然戴着N95口罩，但蒋龙伟依然可以闻到浓重刺激的化工品味，他看到身边的大毛也在不停地打喷嚏，不由得心疼起来。这时，蒋龙伟看到欧阳班长带着冰洁往废墟里行进，冰洁虽然腿脚已经不太灵光了，但依然昂着头，就像一位身先士卒的老将，一眨眼消失在浓浓的烟雾中。

蒋龙伟身边的大毛也不示弱，飞奔向前，在废墟搜索起来。大毛认真地一个点接一个点地寻找，废墟伸出来的钢条划掉了它身上的一块肉，它却一声不吭。第二天早上，蒋龙伟发现大毛走路一拐一拐的，就没让它进现场。不想，大毛在笼子里烦躁地跳来跳去，叫着抗议，蒋龙伟只好带上了它。

在废墟上，大毛带着伤仔细地嗅来嗅去，腿都有些哆嗦了，但依然坚持着……蒋龙伟的眼睛湿润了，连一只耳的搜救犬都能冲在前面，忘我救人，我作为一个七尺男儿，又怎么能害怕呢？

冒着滚滚浓烟，蒋龙伟和大毛在爆炸后的区域里搜寻。“汪汪！汪汪汪！”大毛熟悉的叫声又响了起来。蒋龙伟前去查看，发现在一个房间的碎石下压着一位中年男子，他的头上流着血，他还活着！

如果说参加救援，蒋龙伟和大毛的配合是无缝衔接，那么苏州开源酒店坍塌后的紧急救援，就是他们并肩作战的见证。

当时正是盛夏，酒店坍塌事故发生后，江苏省消防救援总队抽调各市消防力量，投入五百余名消防救援人员紧张施救。当时天气炎热，坍塌缝隙狭窄，四层楼体整个倒塌下来，粉尘飞扬，环境极其恶劣。按照划分区域，蒋龙伟和大毛一遍又一遍地搜索着，咳嗽不断，汗流浃背。

时间就是生命。蒋龙伟和大毛的搜索点在坍塌处的最西边，靠近酒店旁边有个人埋得很深，大毛第一时间就预警了。之后搜索另一个中间区域，楼板都被压得变形了，稍不注意就可能发生第二次坍塌。蒋龙伟和大毛小心翼翼，不放过一点儿痕迹，冒着生命危险坚持搜索，又找到了幸存者。

蒋龙伟因这次救援荣立三等功。

一只耳的大毛，军功章也有它的一半！

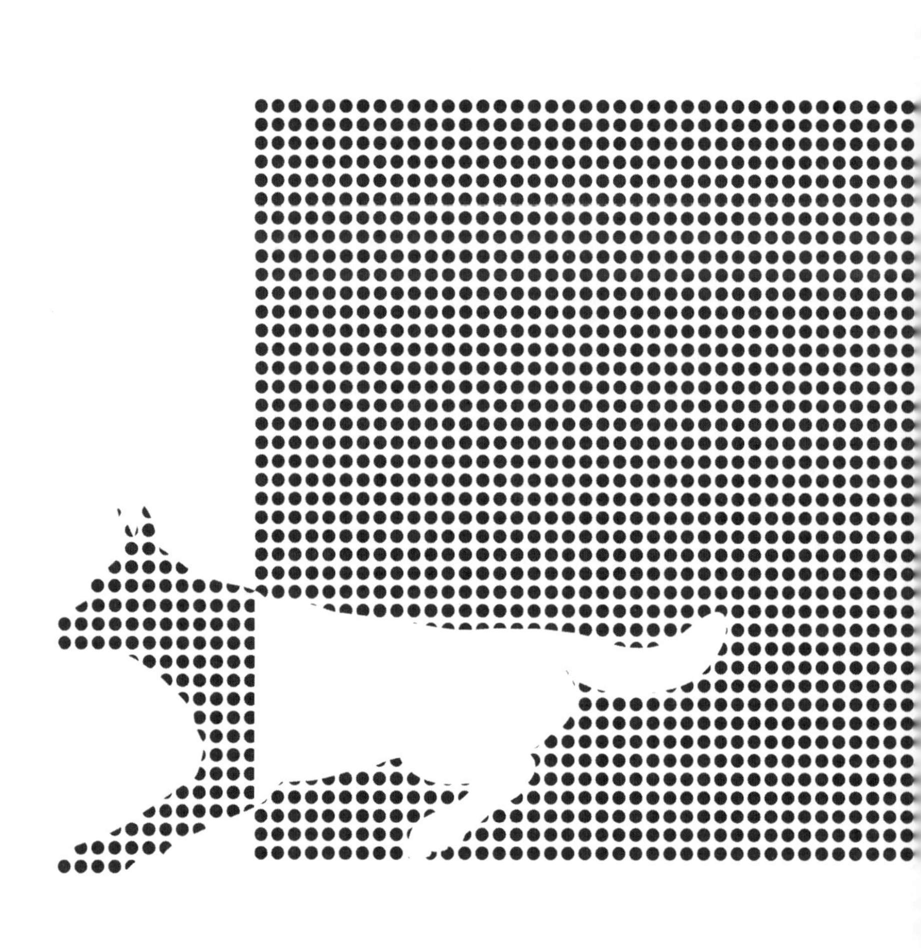

四 ……汪汪、汪汪……

至爱

陪伴

现在来说说小黑是怎么变成沈虎的吧！

接手小黑的沈鹏，不管小黑理不理他，有空就去看它，天天给它梳毛，陪它说话，哪怕小黑心不在焉，他也喜欢对着小黑唠叨唠叨。小黑长得快，沈鹏就把自己的鸡蛋、牛奶省出来拿给小黑；有时看它胃口不好，就自己买牛肉给它解馋；吃饭多打点儿菜，分些自己的红烧肉和肉汤给小黑补补。

小黑时常朝着沈鹏一阵乱吼，可是，沈鹏像没听见似的，照常跟它说话，给它好吃的。细水长流，慢慢也能冲倒堤坝。沈鹏的悉心呵护击中了小黑的内心，它的吼叫渐渐变成了低吟，敌视的目光也变得柔和起来。

这天，沈鹏又来到小黑的身旁。

沈鹏说："兄弟啊，我给你重新起个名吧！别叫小黑了，你一点儿也不黑啊！我姓沈，叫鹏，大鹏的鹏。你也跟我一样姓沈吧，叫沈虎，虎虎生威的虎，英雄虎胆的虎。我们俩这样一直不分开，好不好？"

小黑并不买账。一脸木然。

沈鹏继续对着它叫:“沈虎,沈虎!”

有时,小黑会东张西望,故意恶作剧似的要帮着找谁。

沈鹏见了,笑道:“看什么看,我喊的就是你啊! 你就是沈虎!”

沈鹏起的这个名字,带着渴望亲近的情感。喂食的时候,抚摸的时候,说话的时候,沈鹏都会叫沈虎。一来二去,再听到沈虎这个名字,聪明的狗狗就有反应了。它机灵得很,好坏还是能分辨出来的。

沈鹏对沈虎的好,它能感觉得到。到了训练场,它开始听沈鹏的口令了,指它去哪里,它就到哪里。

渐渐地,沈鹏把小犬喂成了大犬,它长胖了,变壮了,生龙活虎的。

司凯不放心,有时会打电话来问犬好不好带。

沈鹏告诉他:“你放心,我绝对不会亏待它的。对不起,我给它改名叫沈虎了。”

司凯说:“理解啊,沈虎听来更响亮。”

退役后的司凯不满足于只在电话里了解沈虎的情况,他还专程来南京看望了沈虎,也就是他的小黑。司凯记住了沈鹏的叮嘱,也叫它沈虎。可让司凯意外的是,沈虎见到他一点儿也不激动,已经和他生分了。司凯在跟它互动了片刻后,沈虎仿佛记起了它的老主人,开心地跟司凯玩了起来。

司凯临走时，沈鹏带着沈虎去送行。

司凯搂着沈虎道别，然后朝它挥挥手说："再见啊！"

沈鹏说："沈虎有什么情况，我会随时跟你汇报的。"

沈鹏喊沈虎走的时候，沈虎头也不回地跟着沈鹏回去了。

司凯望着沈虎离去的背影，心里有些难受，又有些欣慰。只要沈虎过得好，他也就放心了。

沈虎毕竟是功勋犬，而且受过伤，所以沈鹏以调养为主，好吃好喝地喂养着它。沈虎的身体日渐壮实，至于训练，沈鹏不愿让它受累。

同样是功勋犬，冰洁在欧阳班长的带领下，早早就恢复了精神气，一点儿也不娇气。欧阳班长从来不惯着冰洁，训练也一视同仁。

沈鹏下不了狠心。别看他是一个大小伙子，可当他看到沈虎体弱的样子时，就会细致入微地照料它；沈虎康复了，他仍恨不得把它捧在手心里。

沈虎是只非常聪明的犬，特别会看人的眼色。它接受了沈虎的名字，也感受到了新主人对它的溺爱，知道自己有些出格也不会受罚，多多少少就变得有些娇嫩了。

虽然名字里带了个"虎"字，可它见主人对它这么温柔，绝对不会让它训练受伤的，于是它就学着"偷懒"了。比如训练搜救项目时，其中有一个藏人的环节，沈虎会偷偷观察人是从哪里进去的，然后就抄小路进去找，省去了规定的路线和环节。

沈虎的这些毛病让沈鹏很是头疼。

欧阳班长告诉他："生命在于运动，只要沈虎身体允许，你还是要给它提高训练强度。要想出成绩，舒舒服服的肯定不行。关键是要奖惩分明，给你的犬上规矩。如果它太不听话，就得像个严父一样训练它才行。"

沈鹏听后点头称是，但还是舍不得。

如果沈虎训练得实在不好，叫它向东，它故意向西，有意捣乱，沈鹏就会冷落它一段时间，除了带它出来上厕所，其他时间都把它关起来，让它眼巴巴地看着别人训练。这样，沈虎就知道自己错了。

要给沈虎练出超一流的本领，沈鹏可是用了超常的心思。血迹搜索，是搜救犬的基本功。可是，上哪儿去找新鲜的血浆？沈鹏不止一次地到支队医院去抽自己的血浆，来给沈虎当训练的目标物。

沈虎的骨子里有英雄基因，绝不会这样甘于平庸。

果然不负沈鹏所望，别看沈虎平时有点吊儿郎当，可在参与现场救援的时候，总是一副专注的神情，立刻就恢复了英雄本色。

那是夏季的一天，南京栖霞区一家塑料厂突然发生大爆炸。一声巨响，火光冲天，浓烟升腾，厂房"哗啦啦"地倒塌，周边顷刻间变成废墟。

南京消防接警后，即刻出动，搜救犬也奉命同行。

现场烟雾腾腾，一片狼藉。沈鹏带沈虎穿过火光遍地的断垣残壁，沈虎没有退缩，而是像那次汶川救援一样，展现出了娴熟的搜救经验，在废墟上来回奔走搜救，在发现生命迹象的地方大声狂吠示警。

沈鹏站起或蹲下，专注于执行任务，并没注意到沈虎的后腿被钢筋划伤，在地上留下了一个个血掌印。

此时此刻，沈虎没向主人求救，而是舔了舔伤口，继续在倒塌的楼体间不声不响地搜救着。

等到搜救任务告一段落，众多消防员在沈虎示警的地方一起用机械破拆救人，沈鹏才发现沈虎的腿被划伤了。沈鹏心疼极了，仿佛这伤是在自己身上，他迅速地掏出急救包，小心地拿矿泉水给沈虎冲洗、消毒、包扎。

这次搜救欧阳洪洪也带着冰洁参加了，而且冰洁和沈虎一样，都冲在最前面。有时沈虎在上，冰洁在下，有时又一前一后，它们合作完成了一处处危险方位的搜索。

这两只汶川救援的功勋犬，都不愧英雄本色！欧阳洪洪和沈鹏真心为它们感到骄傲。

2013 年夏天，选拔全国搜救犬比赛选手的通知下达了。沈鹏觉得，沈虎是个见多识广的老选手，上次就参加过比赛，眼下受伤的身体也恢复了，绝对有实力拼一把！他的想法和欧阳班长的想法不谋而合。

果然，沈鹏带着沈虎，欧阳洪洪带着冰洁，都在搜救犬中队考核中过关，它们和其他选手一起，到南京消防搜救犬培训基地参加培训。

其实，参加培训也就是备战。与基础的集训不一样，它们需要在集训中练出高一招的本领，跟人们常说的深造差不多，具有一定的实战性。

一个曙光熹微的清晨，天幕刚刚泛白，微风吹散着连日来蒸腾的暑气，太阳刚刚冒出了头，还没挥洒火热的能量。趁着一天中最凉爽的时候，训导员和搜救犬在吃过早餐后，都来到训练场热身了。

训导员跑来跑去，搜救犬尽情撒欢，以玩耍的方式进行的训练，带来的是轻松与欢快。

沈鹏把手中的弹力球扔到半空中。

沈虎腾地跃起，一张嘴就叼住了。

玩了一次，再玩一次。沈鹏抛小球的动作熟练，沈虎叼得也稳当自如。谁知，沾了露珠的草叶让小球变得湿漉漉的，沈虎一不小心，将嘴里叼的小球滑进了喉咙，卡住了气管，就是吐不出来……

又是蹦跳，又是狂奔，沈虎不停地甩头摆尾。

小球紧紧地吸附在沈虎的气管里，不上不下的，已经让它胸闷得快透不过气来了，它紧跑了几步，然后便重重地跌在了地上。

“沈虎，沈虎，卡住啦？”

沈鹏吓坏了，赶紧跑到沈虎身边，摇着它的身体喊着。沈鹏以为小球卡在了沈虎的喉咙里，就把它的头朝下，使劲地拍它的背部。

沈虎的嘴半张着，小球就是出不来。

“欧阳，你快来看，沈虎不行了！”

沈鹏跪在沈虎的身边，惊慌得六神无主。

“别慌，让我看看小球卡在哪里了。”

欧阳洪洪把冰洁拴在旁边，赶紧过去查看。

沈鹏抱着沈虎，欧阳洪洪扒开它的嘴巴。

欧阳洪洪想把小球掏出来，但又怕拉破它的喉咙，或者小球滑进它的肚子。换了沈鹏，更不敢下手，一时不知该怎么办。

“沈虎要死了吗？”

“不要哭，我们去医院吧！”

一个抱头，一个抱身子，欧阳洪洪和沈鹏抱着沈虎，急匆匆地赶往医院。可沈虎已经不是小犬了，足足有七十多斤，他们跑得满头大汗。

沈鹏边喊边哭：“快快快，沈虎不行了！”

他们来的时间太早了，给搜救犬看病的医生还没上班，欧阳洪洪立即拨打电话给医生，医生说马上赶过来，要他们等一会儿。可是，沈虎危在旦夕，一分一秒也不能等，它的瞳孔渐渐放大，气息变得微弱起来。

不能眼睁睁地看着沈虎断气啊！

“来，把它放到地上。”

欧阳洪洪也坐下来，把软成一摊的沈虎揽在怀里，让沈鹏腾出手去沈虎的嘴里拿球，沈鹏的手指触到了球体。

“快了，快了。”

欧阳洪洪配合着沈鹏的动作，用力掰开沈虎的嘴巴。终于，沈鹏把卡着的小球给抠了出来。欧阳洪洪和沈鹏都松了口气，真悬啊！

可是，沈虎还是耷拉着脑袋。

欧阳洪洪再次撑开沈虎的嘴，沈鹏不停地按压着它的胸，给它做人工呼吸。一下，两下……一分钟……两分钟……

“沈虎，你睁开眼睛啊！”

“沈虎，你不能这样睡啊！”

沈鹏和欧阳洪洪两人又急又累，满头大汗。

“快醒醒啊，快醒醒……”

这样按压沈虎胸部的动作，沈鹏和欧阳洪洪轮换着做，数不清多少次了。好不容易，他们看到沈虎的胸部有起伏了，还断断续续地咳嗽起来，心跳也渐渐恢复了，“扑通，扑通”，从微弱到有力，沈虎紧闭着的眼睛也慢慢地睁开了。

“哎呀，吓死我啦！”

“沈虎，看看我们！”

这么简单的科目，竟然差点送了沈虎的小命。

“真是后怕呀！”沈鹏忍不住激动地哭了。

欧阳洪洪劝他：“别激动，你应该高兴啊！”

醒过来的沈虎抬起头来，东看看、西看看，最后将目光停在了主人的身上。它向沈鹏凑过去，伸出舌头舔舔他脸上的眼泪，仿佛在安慰自己的主人：“哭什么呢？我不是好好的嘛！”

死而复生的沈虎，对训练更上心了。

沈虎知道是沈鹏救了它，对主人充满了感激。当沈鹏发出口令的时候，沈虎再也不调皮了，只会加倍认真地去完成训练动作，而且它的服从是发自内心的，随时准备跟着主人去搜索、去拼命。

2013 年深秋，沈鹏带着沈虎参加了全国消防搜救犬比赛。沈虎心里清楚，沈鹏给了它证明自己的机会，它一定要赢得胜利的荣誉。

沈虎有着丰富的搜救经验，它在比赛中与主人配合默契，勇夺服从科目的第二名，比第一届比赛成绩更好，沈鹏也荣立了三等功。

与全国各地的消防搜救犬同场竞技，沈虎一鸣惊人，和沈鹏配合得天衣无缝。只是，沈虎还能跟沈鹏相伴多久？

原来，很快就要到 2013 年 12 月，沈鹏服役期满五年的日子，他将面临走与留的选择。女朋友晓兰和沈鹏多年异地相恋，一个在成都，一个在南京，他们早就商量过，沈鹏退役后就到成都去找工作，晓兰盼望着能和沈鹏早日团聚。

可没想到的是，沈鹏打算延期退伍，说他舍不得沈虎。

说到沈虎，晓兰也能理解沈鹏。沈虎对沈鹏很重要，对晓兰也很重要。说起来，沈虎还是他们的“媒人”呢！

沈鹏刚接手沈虎时，就把它的照片发到了网上，并告诉大家：“这是汶川大地震搜寻十五名幸存者的功勋犬，帅不帅？”

“当然帅啊！”沈鹏发布的沈虎照片收获了不少网友的点赞。

晓兰不仅点了赞，还加了评语：“厉害了，英雄大狗狗。”这个充满爱心的女孩也喜欢养狗，这让沈鹏顿生好感。他们相互加了关注，话题刚开始是围绕沈虎，之后又围绕训练与生活，越说越投缘。

2013 年秋天，与沈鹏“网聊”的晓兰第一次来到南京，想见见沈虎这个功勋犬，也想见见与他有着共同爱好的沈鹏。从之前沈虎参加汶川救援立功，到沈虎参加全国比赛夺得亚军，晓兰都一清二楚。她知道，沈虎是沈鹏最宝贝的亲人，他和它根本是分不开的。

沈虎见到生人会乱吼，但晓兰是一个例外，初次见面，它便任晓兰随便抚摸。

看出沈鹏喜欢晓兰，它也和晓兰套近乎。晓兰向空中抛一个网球，它就跳过去，衔着交还给晓兰。

沈鹏对晓兰说："我不能丢下沈虎。"

一个如此爱狗的人，肯定是个有责任感的人，将来他对自己的另一半肯定也不会差。晓兰认准了沈鹏，觉得他值得托付终身。

"我们都还年轻，来日方长嘛！"

"好吧，我等你。"

从网上看沈虎的照片，到当面和沈虎玩耍，晓兰理解了沈鹏的想法，她和这只有灵性的狗之间，也变得很亲近了。

在之后"两地恋"的日子里，晓兰与沈鹏跨越了地理上的距离，感情非常稳定。晓兰关心着沈鹏，也牵挂着沈虎，并把沈虎当成了自家的孩子："它吃得好吗？睡得好吗？旧伤有没有复发？训练能跟得上吗？"

沈鹏的微博时时更新，发的大都是关于沈虎的图文，有时他有事没顾上更新，事后会马上补上。沈鹏最铁杆的粉丝，当然还是晓兰。

2015 年的全国消防搜救犬比赛，参加汶川救援已经七年的沈虎参加或不参加都可以。沈虎是一个竞争型的老犬，要想保持活力，就要奋斗，绝不能无所事事。沈鹏懂沈虎，带它凭实力取得了参赛资格。

当沈鹏又带着沈虎来参加比赛时，碰到了外地的老对手，这位训导员牵着年轻的搜救犬，跟沈鹏开玩笑地说："你的狗应该参加老年组的比赛啊！"

沈鹏笑笑说："老将出马，一个顶俩！"

沈鹏对沈虎的信心，是外人难以理解的："沈虎只要正常发挥，就会把你们甩在后面！"

的确，与这么多神采奕奕的年轻狗狗相比，沈虎真的老了，但它有救灾的经历，又有刻苦训练和挑战难度的韧劲儿。人不可貌相，犬也不可光看表面。沈虎会用实力说话，一旦开战，肯定名列前十。

最终，沈虎以全国第三名的成绩完美收官！

这是沈虎的最后一战，它仿佛用尽了所有的气力。从济南回到南京后，沈虎连走路都有些吃力了，坐下来就不想站起来。

按照约定，2015 年 11 月，晓兰第二次来到南京。沈鹏延期退役后，他们只是网上联络，还没有见过一次面呢！

平时的沈鹏很忙，大赛前则更忙，赛后才有时间陪陪晓兰。晓兰跟着沈鹏来看正在休息的沈虎，她轻轻地抚摸着沈虎的额头和耳朵，又摸摸它柔顺的皮毛。沈虎和她并不陌生，享受着女孩的安抚，要知道，沈虎对外人可是很凶的。

不过，沈虎的记忆力相当惊人。沈鹏看晓兰的眼神，对晓兰说话的口吻，都让沈虎认定，晓兰不是外人，而是亲人。

沈虎的动作开始变得迟缓起来，它明显地衰老了。

欧阳洪洪和沈鹏带沈虎去检查身体，医生说沈虎患有多种疾病，建议不要再带它参加正规的训练了。

沈虎虽然不能参加训练了，可沈鹏对沈虎的爱却丝毫不减，把它呵护得更加细致。只是沈虎依然无法抵挡病痛的侵蚀，它的身体和精力都变得越来越差。可是，沈虎在搜救犬中已经非常优秀了，它为消防救援，为受灾群众，都立下了汗马功劳，无愧于功勋犬的荣誉。

沈鹏的微博，也更名为"退休老干部"。

沈鹏继续以沈虎为主角发图文，讲述这位"消防英雄"日常的点点滴滴。

微博主人的留言不是什么励志警句，而是沈鹏对沈虎的一段深情告白："你用前半生来陪伴我，你的后半生我来陪伴，无论如何，我绝对不会嫌弃你。"

2016 年 11 月，延期服役三年的沈鹏即将退役。此时，10 岁的沈虎相当于 70 岁的老人，也该退休了。也就是说，之前沈虎虽然老了，也进入了退休的状态，但并没有正式办理退休手续。

沈鹏和沈虎几乎同时退役，沈鹏要离开南京，奔向新的生活，而沈虎只能待在南京，苦苦思念它的主人了。

晓兰要来南京，带沈鹏一起回家。沈鹏和晓兰商量，想带走沈虎，让它成为他们今后小家中的一员，晓兰答应了。从相识到相爱，他们一直在聊沈虎，在晓兰的心里，沈鹏的爱就是她的爱，沈虎与沈鹏分不开，她与沈虎也分不开，接纳沈虎也就成了自然而然的事情。

沈鹏知道，对于退役的搜救犬，消防救援队伍有明文规定，并没有退役后的老犬被带回地方的先例。

中队指导员康照告诉沈鹏："你可以放心回去，中队会妥善安排沈虎的生活，让功勋犬安度晚年，有一个好的归宿。"

沈鹏说："我想带走沈虎。"

康照作为大学生入职的消防基层主官，在好几个单位工作过，懂得搜救犬在消防救援中的特殊作用，到搜救犬中队上任后，也感悟到了消防员与搜救犬之间的特殊感情，但他依然感到很意外。

他表示尊重沈鹏的想法，但也提醒沈鹏："你想把狗带走，这是南京消防没有过的。再说，你退役回地方，今后要面临生活与工作的双重压力，带一只老犬可不是儿戏。沈鹏，这是大事，你想好了吗？"

"我说过，不让沈虎失去主人。"

沈鹏诉说了自己跟沈虎的感情，他们一起并肩战斗，难舍难分。

康照意识到，这并不是沈鹏的一时冲动，而是他发自内心的愿望。

沈鹏说："我能不能写申请报告，请中队转交上级领导？"

康照说："这是你的权利，至于批不批，谁也不敢保证。"

在学习室的明亮灯光下，沈鹏整理着纷乱的思绪，他有太多的话要说，可是却不知该如何动笔。怎么想就怎么写吧，又不需要写什么大文章。

于是，沈鹏就像面对着自己的领导，写下了真诚的心里话："就要离开搜救犬中队了，我心里最牵挂的，就是我的沈虎，它的心肺功能和后腿随着年龄的增大，逐渐出现功能性衰减，需要有人对它十分用心地照顾。在此，希望领导能让我带着我的战友沈虎一起退役，让我能在它剩余的时日里，陪伴它，照顾它，让它安享晚年……"

试试看吧，不试怎么知道结果。沈鹏上交申请书时，心里也没底。当时和队友们聊天，也是意见不一样。有人觉得应该支持，有人却非常反对，但都是为沈鹏着想，怕他感情用事，会给以后带来无穷的麻烦。

康照也给沈鹏打了"预防针"："无论批不批，你都要想通。"

"放心。我是老兵，我都懂。"

沈鹏亲笔写下的申请报告，一个退役消防员的特殊请求，由搜救犬中队递交给南京消防支队党委，能够被批准吗？

夏天

当搜救犬沈虎面临退役，同时退役的主人沈鹏争取接走它的时候，跟着欧阳洪洪的冰洁仍然还在中队，也将进入养老模式。

冰洁作为参加过汶川救援的英雄，此时在南京搜救犬的战斗序列里，与沈虎一样，享受着“退休老干部”的崇高礼遇。

搜救犬中队一旦来了新的训导员或新的搜救犬，都会安排他们和冰洁见见面。

“这就是冰洁，是优秀的搜救犬代表，也是消防英雄！”

专门来参观的人也络绎不绝。

“你好，汶川搜救的老英雄！”

“冰洁，你是我们的榜样！”

冰洁虽然腿脚不灵便，但仍努力站立着。它与新来的搜救犬对视时，会“汪汪”叫几声，好像在说：“欢迎我们的新战友。”看到有人来看它，虽然听不懂人家在说什么，但看到人们竖起的大拇指，就能知道人们对它的喜爱和尊重。

时间一直在流逝，生活仍在继续。继沈虎之后，冰洁也要走向生命的暮年，然而，它的训导员欧阳洪洪年富力强，正是搜救犬中队的骨干力量，而且是富有经验的老班长，承担着培养新一代的重任。

当冰洁的身体不能适应救援任务，按照搜救犬更新换代的要求，欧阳洪洪又带了一只和冰洁同类型的名犬，名叫夏天。

夏天这只小犬，也是消防搜救犬培训基地陈教官分给欧阳洪洪的，它和冰洁都属于史宾格犬，只是毛色有所不同，冰洁是黑白花的狗狗，而夏天是棕白花的狗狗。冰洁四肢略短，身材结实，夏天则四肢修长，体态略瘦。要说它们的共同点，那就是它们的性格，同样的活泼、大胆、机灵，同样的对主人忠诚。

欧阳洪洪继冰洁之后收新犬，想依照春夏秋冬四季来起名，第一个起的名字是夏天，是因为他最喜欢夏天。记得参加搜救犬集训时，集训队的教导员跟他们说，年轻的小伙子要像早上七八点的太阳，夏天就是太阳最充足的季节，阳光最明亮、最炙热！

领到夏天的时候，它萌萌的，还不到一周岁，而欧阳洪洪刚带冰洁的时候，它也是七八个月的样子，天真活泼。欧阳洪洪训练夏天，脑海中不经意就会浮现出冰洁年幼时的样子，眼神清澈如水，动作憨态可掬。

夏天喜欢吃肉，冰洁喜欢吃鸡蛋；夏天的叫声洪亮，冰洁的叫声清脆；夏天喜欢钻圈，冰洁喜欢叼球；命令冰洁坐下时要提一下脖圈，夏天也可以试试同样的方法……欧阳洪洪带夏天，仿佛在重温与冰洁曾经的过往，让夏天练一个动作，就会自然地想到从冰洁身上获得的经验要点。

“带这两只犬的区别是什么？”曾经不止一次有人这样问欧阳洪洪，欧阳洪洪也会问自己。

他回想带冰洁时，冰洁年纪那么小，自己也年轻，青涩而真诚，毕竟是人生的第一次，全身心地投入感情，记忆当然十分深刻。也就是说，比较感性吧！

带夏天呢，夏天年纪也很小，自己却不年轻了，也不是没投入感情，而是因为有过经历，成功与失败都是启示，整个训练过程就不再盲目，与它相处起来感觉更成熟，更游刃有余，比较理性吧！

欧阳洪洪把夏天带进了冰洁的犬舍。

他知道，冰洁是一只功勋犬，常年在训练与搜救中奔波，养成了喜欢集体生活的性格，一带出来就开心得活蹦乱跳，不乐意在犬舍里孤孤单单地待着，年幼的夏天能给它带来活力与快乐。

有了同伴，冰洁明显开朗了，也不像原先那样焦虑。开始一段时间，一大一小两只犬的确相处得不错。冰洁展现出了老英雄的气势，一边吼叫，一边划清势力范围；夏天因为年龄太小，又初来乍到，一时被冰洁吓住了，很是“尊老崇老”，不敢造次，所以它们俩倒也相安无事。

可是，两只犬的相处模式并不是一成不变的。随着夏天慢慢长大，变得越来越强壮，而冰洁年老了，病痛越来越多，有些颤颤巍巍，夏天看形势逆转，有机可乘，便跳出来“争老大”了。

有一天，欧阳洪洪去犬舍给冰洁和夏天送饭，他把餐食摆好后，并没有像往常一样立即离开，而是走出来后又回头看了一眼。这一看，他吓了一跳：夏天迅疾而粗暴地推倒了冰洁，并猛抢冰洁的餐食。冰洁毫无还手之力，干着急地怒吼着。

欧阳洪洪赶紧呵斥了夏天，并蹲在冰洁的旁边，静静地看它吃完了才走。

欧阳洪洪护着冰洁的举动，让夏天很有醋意。当欧阳洪洪照料冰洁的时候，夏天就故意在欧阳洪洪面前跑来跑去刷存在；当欧阳洪洪要单独带夏天出去训练的时候，冰洁也会在一旁气呼呼的。

然而，熟悉搜救犬的欧阳洪洪早就看透了它们的小心思，他知道它们都希望得到主人的关注。为了缓解两只犬相互吃醋的敌意，欧阳洪洪经常会牵着它们俩一起散步，同时抚摸，扔球也一犬一个，尽量平衡。

过了一段时间，两只犬就相安无事了。玩球的时候，冰洁不服老的劲头儿还是能被激发出来，虽然四肢不灵活了，但依然猛地发力、奔跑、咬球，无论欧阳洪洪丢球多少次，它都会不甘示弱地和夏天去抢。

欧阳洪洪非常欣赏冰洁这种战斗到底的坚韧。

也许，这就是老骥伏枥的英雄气质吧！

欧阳也很喜欢夏天敢于拼搏的顽强。

夏天与冰洁这样一只功勋犬同吃同住，又被欧阳洪洪这样成熟的训导员悉心调教，很快就成长为搜救犬中的佼佼者。

灾后现场，夏天跟着欧阳洪洪出生入死。

竞赛单元，欧阳洪洪带着夏天奋力发威。

2019 年 4 月，全国消防救援第五届搜救犬比武竞赛前，和大毛一样，夏天也通过了考核，当选上了南京消防的种子选手，参加了山东搜救犬专业基地的集训，在 8 月比赛的废墟搜救项目中表现出色。

废墟搜救是消防搜救犬的看家本领，应用范围非常广泛，主要是训练搜救犬在废墟中捕捉人体气味，准确搜救被困人员的能力，常见于建筑物倒塌、地震、火灾等灾害事故中被困人员的搜救。

在不小于一千平方米的场地上，设置 A、B、C、D 四个搜索区，每个搜救区隐藏一名被困者，一个浅坑，一个深坑，放置不同的干扰物，有管子通气。哪一只搜救犬能在最短的时间内搜救到被困者并示警，而且准确无误，就能为所在的消防集体赢得荣誉。

比赛那天正值盛暑，太阳像烧红的火球，地面如烤透的砖窘，狗狗本身又怕热，于是欧阳洪洪准备了凉水给夏天喝，并拍拍它表示鼓励。

在模拟废墟的比赛现场，欧阳洪洪和队友蒋龙伟分别负责两个点位，收到信号就放红旗，发令旗，节奏十分紧张！

欧阳洪洪喊出的口令响亮而急促。

夏天感觉到了紧张的气息，它一上场就表现得莫名兴奋，仿佛在真正的废墟里一样，仔细、迅速地嗅来嗅去。

没过多一会儿，夏天就果断示警，它发现了第一名被困人员！紧接着，它找到第二名、第三名被困人员。还有一名被困人员呢？

听到口令的夏天四处搜寻，蹦来跳去，尾巴不停地摇摆，欧阳洪洪也用期盼的眼神紧张地凝视着忙碌的夏天……

终于，三分五十一秒，夏天成功找到第四名被困人员，助力南京消防获得本届搜救犬比武竞赛团体第六名的好成绩。

宣布名次后，欧阳洪洪给了夏天一个大大的拥抱，他的奖励也准备得十分充分，是一堆食物和玩具。夏天当然不知道自己经历了一场全国比赛，在狗狗的世界里，它只是觉得自己又跟主人玩了一次游戏而已。

夏天在比赛中超水平发挥，这让欧阳洪洪非常高兴。

主人的奖励让夏天也很开心！

欧阳洪洪和夏天的感情，在朝夕相处中慢慢增长。他研究搜救犬的行为习性，认为犬跟狼一样，也有群体生活的基因。它们害怕孤独，如果看到很多狗，也会想融入集体，跟它们一起玩耍、生活。然而，搜救犬的一生却注定孤独，因为搜救技能的训练需要专注而长时间的锻炼。

一个消防员与一只搜救犬，有缘才会相逢。考虑到避免干扰，让狗听懂口令，每一只搜救犬虽然会跟其他人接触，也会和其他狗玩耍，但只能跟一位训导员培养长期的亲和关系。由于一只搜救犬只认可一个主人，所以搜救犬和训导员的感情大都是坚定、深厚而专一的。

欧阳洪洪对老犬冰洁和新犬夏天都有“一对一”的感情，他对待它们如同对待家人，给了它们毫无保留的关爱。

同样，他也收获了两只犬至死不渝的深情。

归来

能领养沈虎，是沈鹏离队前的最后一个心愿。申请报告递交上去以后，他心里一直七上八下的。退役时间迫在眉睫，却迟迟没有得到上级的批复，这让他有些担心。如果不被批准的话，他就真的要与沈虎分别了。

沈鹏放不下沈虎，他知道沈虎是很重感情的。当年，年轻的搜救犬沈虎还叫小黑，后来经过沈鹏的精心喂养，它才接受了沈鹏，也接受了沈鹏给他起的名字沈虎。那是狗狗一生中最好的时光，那时的它和沈鹏一起训练，一起搜救，相互陪伴。如今，沈虎老了，对沈鹏越来越依赖，一旦就此分离，沈鹏不敢想象沈虎会多么孤单、无助！这感情的纽带，无法割舍！

沈鹏的女友晓兰很快就要来南京了，她来接退役的沈鹏，也希望能接走退役的沈虎。女友晓兰和沈鹏商量好了，他们先去沈鹏的老家淮安，然后再去成都晓兰的家。晓兰的家住在七层，楼顶有一个大露台，种些花花草草，她已将原先放杂物的棚子腾了出来，准备给沈虎一个新家。

沈鹏告诉晓兰，已经向上级打了申请报告，但能否批准没有把握。

沈鹏搂着沈虎，望着它的眼睛说："沈虎，你放心，我要是带不走你，就不离开南京，在附近租个房子，打份工，常来看你就行啦！"

沈虎似懂非懂，它懂的是主人温暖的目光，是主人话语里的亲切。毕竟它已经年老了，没有搜救能力了，也不能跟其他搜救犬比拼了，曾经的英雄光环将渐渐暗淡。幸运的是，沈鹏没有抛弃它，也没有把它当包袱，这让它对主人沈鹏更加依依不舍了。

正巧到了一年一度的退役时节，消防救援队伍即将送别离队的一批消防员，新闻单位闻风而动，纷纷拿出报纸版面和广播电视时段，新媒体也加入其中，报道消防救援队伍救灾救人的事迹，感动了许多人。

沈鹏与沈虎成了热点话题。

围绕沈鹏递交申请报告的由来，江苏电视新闻播出了互动讨论节目——"退伍兵的牵挂：我能带走搜救犬战友吗？"

同时，"南京零距离"的官方微博也发起了投票。仅仅一天时间，这条微博的阅读量就超过了一千二百万人次，评论超三万人次。参与投票的五万网民中，99.5%的人赞同沈鹏带走沈虎。

在接下来的几天里，人民日报、新京报、现代快报、平安江苏、南京发布等官方微博了都转发了该新闻和图片，沈鹏和沈虎一下子成了网红。网民们也纷纷留言：希望功勋犬沈虎能有一个沈鹏陪伴的晚年生活。

沈鹏的迫切心愿能不能实现，也要看有没有依据。接到申请报告的南京市消防支队机关在翻阅了相关资料后，终于找到了退役工作犬领养的规定，他们将情况上报给江苏消防总队，并说明搜救犬沈虎达到工作年限，拟以领养的方式退出现役，随后又在中国工作犬管理协会办理了备案手续。

2016 年 12 月 1 日，南京消防支队党委按照“人性化考虑，特事特办”的原则，批复同意“沈鹏领养退役犬”的申请报告。

同时，南京消防支队与沈鹏签订了一份协议。这是单位与个人之间的一份领养协议，写明沈虎的所有权仍归南京消防搜救犬中队，沈鹏拥有饲养权，要尽职尽责地照顾，并定期向中队汇报情况。

签字时，领导问沈鹏：“你女朋友同意吗？”

沈鹏说：“她不但同意，而且非常支持。”

“那就好，这可是家里的大事啊！”

“我会用心带沈虎的，请放心！”

12 月 2 日，是沈鹏心愿达成的日子，他非常开心。一大早，他就来到犬舍，喂沈虎吃早餐，并告诉它：“我们再也不分开啦！”

这一天，南京消防举行了隆重的退役仪式，沈鹏就要脱下消防服了，这虽然有些伤感，但能带走沈虎，沈鹏的心里像阳光般敞亮。

在凛冽的寒风里，网上发布的一则消息带来了一股热流。

“告诉大家一个好消息，沈鹏的申请已经通过了。南京消防为他和沈虎举行了退役仪式，这个完美的结果也有你的一票。”

网民们兴奋起来：“哇，太棒了，祝福！ ”

还有网民说：“这是冬天里最暖的事！”

这份申请报告是沈鹏的第一次，也是南京消防乃至江苏消防的第一次，批准退役训导员领养达到退役年限的搜救犬。

在退役仪式上，南京市消防支队孙山政委说：“做出这个温情的决定，是有政策基础的，并且经过了慎重的研究。不仅是对网民情感呼声的回应，还是基于沈鹏和沈虎两位战友的实际情况给予的批复。”

在退役消防员的队列中，沈鹏和沈虎分外显眼。

队友们和沈鹏相拥而泣，沈虎则静静地守在他们的旁边。

留队的消防员们都上前抚摸沈虎。这只功勋犬的知名度很高，可以说是代表江苏消防形象的明星犬。沈虎这天特别温顺，它好像听懂了沈鹏的叮嘱，紧贴着沈鹏，任别的消防员抚摸，它感受到了消防救援大家庭对它的善意。

队长给沈鹏佩戴了一朵大红花，也给沈虎佩戴了一朵大红花。与沈鹏激动而又留恋的情感不同，沈虎的情绪非常稳定，无论是安静地站立，还是慢步地行走，它都稳稳的，也许是跟在沈鹏身边,它就感觉特别安全。

江苏电视新闻全程直播了这场退役仪式,沈鹏与沈虎是万众瞩目的主角。数十万网民共同见证,祝福的弹幕接连不断……

回去后,沈鹏给沈虎洗了一个舒服的热水澡,将它收拾得干干净净。沈鹏又给沈虎套上了一个红色的新脖圈,显得特别耀眼、喜庆。

12 月 7 日,迎着温暖的冬日晨光,沈鹏和女友晓兰开启了他们的自驾游。沈鹏轻轻地把沈虎抱上车后座,由女友晓兰看护。

沈鹏和女友晓兰带着沈虎准备先回淮安金湖,去看望沈鹏的父母。沈鹏当消防员后难得回家,而且第一次带着女友上门,爸爸妈妈自然开心极了。沈鹏的父母早就听沈鹏说过晓兰,他们觉得自己儿子的眼光肯定错不了……

"这就是沈虎吧? 这么大啊!"

"是啊,它比照片上更漂亮吧?"

带着沈虎回来的沈鹏把它介绍给了父母:"沈虎这只搜救犬很厉害的! 以前它太辛苦了,现在老了,剩下的日子不多了,我就想陪着它,让它从训练的模式中放松下来,切换到退休模式。这样,沈虎开心了,我也就放心了。"

沈鹏的父母点点头,难得儿子有这份心,看来消防员的锻炼的确让他变得成熟了。

虽然沈虎体格高大，但是眼神平和，看起来特别温顺，这让这家人一点儿也不怕它，并很快就接受了它。

退役之前，沈鹏就打电话给父母，说要带一只退役犬一起退役。儿子的这个打算，让父母感到非常诧异。

爸爸劝沈鹏说："搜救犬也能带回家？南京消防真的会批准？养一只狗相当于养一个孩子，你的钱从哪里来？你自己退伍后的工作还没着落，你靠什么养活它？"

妈妈也不赞成："你还要结婚，还要抚养小孩，你自己想想能不能领养一只狗。我不阻止你，你自己好好考虑后再做决定。"

对于儿子的选择，沈鹏的父母是一向开明的。最终，他们还是尊重了沈鹏的决定。

随后，沈鹏与晓兰继续自驾出行。他们带着沈虎来到山东烟台，直面波涛万顷的渤海。沈虎对着蔚蓝色的海面仰天长啸，快乐地在海滩上奔跑。沈鹏和晓兰以大海为证，誓言天长地久。

他们又自驾来到河南、陕西，一路饱览祖国的大好河山。进入四川境内，沈鹏带着晓兰和沈虎穿过省道302线，来到当年的地震中心地域北川。沈虎已步入暮年，耳目都已不灵，可当车开到北川老县城那一片的时候，沈虎忽然"汪汪"地叫起来，扒着车窗要下去。

沈鹏把沈虎抱下车，带着它旧地重游。沈虎走起路来虽然已经脚步不稳，却熟门熟路，对周边的一切并不陌生。北川已建新县城,当地人已经搬迁了,老县城的所在地叫曲山镇,曾是南京消防官兵的搜救区域,沈虎和冰洁等搜救犬战斗过的地方虽然已经大变样,却有遗址保存。

一块巨大的天然石上刻着“2008 5.12”的字样,前面摆着两排黄色的菊花。晓兰拿出手机,给沈虎和沈鹏在石头旁合了影,以纪念这个特殊的日子。他们又去了“5.12 汶川特大地震纪念馆”,工作人员听说参加救援的沈虎来了,专门开来一辆旅游观光车,带他们去参观。

沈虎有些累了,它靠在了沈鹏的肩上。

近了,沈虎站在车上行注目礼。

沈鹏扶着沈虎,感觉到了它的激动。

解说员的动情讲解,把沈鹏和晓兰带到了“5.12 汶川大地震”的情景之中。那些瞬间发生的人间悲剧,那些全国动员的千里救援,那些争分夺秒与死神抢夺生命的危急关头,仿佛就在他们的眼前。

“5.12”,从表面上看只是数字,亲历者却有生死体验。一栋一栋的破墙残楼,被一片一片的杂草和树林围绕着。沈虎,你能想起夜以继日搜救的日子吗?你能想起救出的不同年龄的幸存者吗?

沈鹏对沈虎愈加珍惜了。

来到成都后,晓兰的父母同样尊重女儿的选择,对待沈鹏像对待自家孩子那样不见外。

沈鹏很快就在当地找到了一份稳定的工作，朝九晚五，收入稳定。可是，他却非常不安，因为上班要打卡，所以下班回家已经天黑了，整整一天都见不到沈虎。

他的心总是悬着：把孤独的沈虎留在家里行不行啊？

沈虎天天可怜巴巴地盼着主人回来，这让沈鹏难以出门，但沈鹏也不能带它去上班啊！他告诉晓兰，他只能辞掉工作，专心在家陪护沈虎。

晓兰是个普通的上班族，可是她对沈鹏的做法却非常理解。俗话说，“鱼与熊掌不可兼得”，只能有所取舍了。于是，沈鹏就像照顾自己家的老人一样，天天在家照顾沈虎。

不工作就没有收入，这生计可怎么办？

沈鹏开动脑筋：最好能在家上班，这样就能早中晚都陪伴沈虎了。既然懂得养犬，不如找个与犬有关的活儿吧！沈鹏在咨询了老单位的领导和战友后，申请许可证，开办了一个犬类培训班，指导爱犬者喂食，帮养犬者临时代养，还会给爱犬者传授一些训练方法，这样就可以赚钱养家了。

沈鹏还给自己的微信起了个名，叫“陪伴是最长情的告白”，并定期在朋友圈发布沈虎的照片，配上简要的文字，分享沈虎的退休生活。

沈鹏乐滋滋地写道：“站有站相，坐有坐相，走起路来迈着方步，发起火来气势汹汹，一副无狗能敌的样子，真有种‘老干部’的作风和派头啊！”

南京消防搜救犬中队没有忘记沈虎，他们会定期给沈鹏邮寄狗粮。指导员康照、班长欧阳洪洪，也时常和沈鹏微信视频。

沈鹏抱着沈虎，和他们打招呼。

沈鹏说："康指，你看看，怎么样？"

康照说："沈虎胖多了，真像个‘老干部’。"

沈鹏说："心宽体胖嘛！"

欧阳洪洪说："沈鹏，你别太宠它了。"

沈鹏说："宠就宠吧，马上带它出去遛遛减肥。"

康照说："有什么困难你就说，我们会尽力帮你解决。"

沈鹏抬起沈虎的爪子说："谢谢，谢谢！"

搜救犬中队对沈虎特事特办，一个月寄一包十六公斤的德牧专用狗粮。沈鹏给它列出食谱，一天两顿，一顿三两狗粮，外加牛肉、鸡蛋和蔬菜，妥妥的营养餐。

在家上班的沈鹏有了大把的时间，可以当沈虎的玩伴了。每天一起床，他就带着沈虎去遛弯儿，早晨的空气很新鲜，能让沈虎受过伤的肺部吐故纳新。中午睡会儿觉，下午他们继续去郊外散步，成都周边的风景区差不多都被他们给跑遍了。由于不再有高强度训练，沈虎都被沈鹏养胖了，体重已达八十斤。

沈虎被沈鹏百般宠爱，所以它自我感觉特别良好，看什么都是高昂着头，根本不把别的狗放在眼里。沈鹏办培训班后养过几只狗，其中还有四只德牧，别看它们和沈虎是同一血统，高高大大的，可沈虎根本看不上它们，不屑于和它们一起玩耍。有时，看它们抢玩具，又啃又咬的，乱成一团，沈虎就趴在一边，眼睛眯成一条缝，好像在嘲笑它们。

沈虎的清高自负让其他狗狗很不舒服。于是，四只狗抱成团挑逗它，朝它一阵猛吼。沈虎可是上过沙场的消防英雄，毫不示弱，怒目圆睁，吼叫比它们还凶，气势上要压过一头。

沈鹏见了，便开心地拉住它说："呵呵，一大把年纪了，还这么要强，你哪里打得过这些小年轻嘛！"

沈虎知道，就算它有些任性，沈鹏也不会计较的。确实，沈鹏不再用搜救犬的标准来严格要求它了，几乎什么事都顺着沈虎，只要它开心就好。沈虎想出去玩，他就带它到处跑；沈虎不想吃狗粮，沈鹏就弄菜弄肉换口味……这样自在的生活，让沈虎过得特别惬意！

之前紧张的训练与工作让沈虎表面看起来壮实，实则是伤病缠身，多亏沈鹏的细心照料，让它延缓了病痛侵蚀的进程。沈虎坐在婴儿车上，咬咬玩具，瞧瞧美景，时不时跟沈鹏撒撒娇、卖卖萌，日子过得非常愉悦。

2019 年 5 月，过了 13 岁的沈虎突患中风，虽然它的年龄已经相当于人类的七八十岁，但沈鹏还是用心地救治它，想挽留它的生命。

四个月后的一天,沈虎又突然昏倒了。

沈鹏和晓兰赶紧开车将它送往医院。

半道上,晓兰哭着说:“沈鹏,停车!”

沈鹏说:“怎么了?”

晓兰说:“沈虎已经走了!”

沈鹏赶紧在路边停下车,来到后座旁,轻轻地摸摸沈虎的鼻子,发现它一动也不动,已经没有了呼吸。沈鹏大声地喊着沈虎的名字,摇晃着它发软的身体,把它揽进自己的怀里,放声痛哭。

沈虎永远地离开了这个世界。

沈鹏将这个噩耗第一时间告知了南京消防搜救犬中队,还告知了沈虎的第一个训导员司凯。司凯已经知道沈虎病了,之前沈鹏在微信上和他讨论过沈虎的病情。听到这个消息后,他在电话那头流泪了,难过得说不出话。

半晌,他轻轻地说:“发几张沈虎的照片给我吧,再替我为它烧炷香。”

这是国庆节的前一天,再过十几个小时,就是中华人民共和国成立七十周年了。沈虎是一只为国为民立过功的老犬,沈鹏原本要带沈虎一起共度这个重要的节日,可是却没赶上。

2019 年 9 月 30 日,沈鹏在微博上发布了沈虎离世的沉痛消息:“乖宝宝,一路走好。天堂没有病痛。带着你最喜欢吃的零食,你最喜欢的小猪枕头,你最心爱的玩具,到那边要开心快乐!”

直到今天,装着沈虎骨灰的青色瓷罐依然摆放在沈鹏家的佛龛上,沈虎的玩具、颈圈、衣服、毛发,沈鹏也都留着。

沈虎的故事,是中国消防的传奇。

用什么方式纪念沈虎?

南京消防救援支队政委孙山提议,为沈虎做一个雕像,留下一个代表所有搜救犬的艺术形象。他们请著名的雕塑家尹悟铭出山,尹老师欣然从命,并几易其稿,最终选取了沈虎的坐姿来雕刻:它目视着前方,倾听着训导员的指令,仿佛刚刚回到营地,又仿佛马上就要出发。

在尹老师的雕刻刀下,沈虎仿佛又活了。

2020 年 5 月 12 日,南京消防救援支队举行了沈虎雕像的落成典礼。

沈鹏抱着沈虎的脖子,久久不愿松手。

沈虎回来了,它不走了。

老兵

再说说冰洁，它是和沈虎一样的老搜救犬。

因为训导员沈鹏退役，沈虎作为特例，随主人离队休养，谱写了一段人犬相依的佳话。而冰洁和沈虎，是汶川地震中共同搜救的战友，它们都是出类拔萃的搜救犬，也都是南京消防的骄傲。

2016 年夏天，江苏盐城阜宁一带突降龙卷风冰雹，很多房屋的屋顶都被风掀掉，一座钢架信号塔被拦腰截断。全省消防力量紧急动员，投入这场重大的灾害救援之中，国务院抗震救灾指挥部也连夜赶赴灾区。

据中央电视台报道，一座近四万平方米的厂房坍塌，厂房内部放置了多种危化品，厂房内有人员失联，消防人员已进入厂区进行搜救。

在满地的碎砖烂瓦间，欧阳洪洪带着冰洁在努力搜救。很快，冰洁就在倒塌的墙体下发现了一位幸存者。冰洁的后腿被玻璃划出了一道口子，再次负伤，但它一声不吭，还是按照欧阳洪洪的口令继续搜索，直到欧阳洪洪发现地上有道道血印……

“冰洁，你太厉害啦！”欧阳洪洪没想到冰洁不减当年，依然能在搜救现场迅速发现幸存者并示警。

当其他消防员赶来抬人时，欧阳洪洪赶紧抱过冰洁，用矿泉水给它清洗伤口，并给它的伤口贴上创可贴。欧阳洪洪站起身，拍了拍它的脑袋，让它在旁边休息。可是，冰洁却仍碎步跟上欧阳洪洪，虽然它走路有些颤抖，但依然爬高上低地搜索着。

也许有人会问：“为什么搜救犬参加搜救工作时，不给它们保护好腿和脚呢？”并非人类不人性，而是它们不得不裸足。这个问题很好理解，如果给搜救犬的腿和脚绑上了保护层，那就会影响它们搜寻工作的顺利展开。

搜救犬用腿来奔跑，用脚来扒废墟，如果它们失去了腿和脚的灵活性，就会失去搜寻的准确度。搜寻生命气息，须臾不可拖延。

回到南京，消防员和搜救犬都要进行全面体检。毕竟救援现场空气污浊，人与犬的体力都消耗很大。医生告诉欧阳洪洪，冰洁很勇敢，老当益壮，但它的身体机能已经弱化，应该慢慢从救援一线退下来。

欧阳洪洪当然知道冰洁不再年轻，否则他也不会带夏天这只新犬。他之所以还带冰洁训练，甚至参加援救，就是要给冰洁以鼓励，让它保持着不服输的劲头儿。如果精神气垮了，那什么都会垮的。

从一线退下来的冰洁并不习惯，它一直都还有搜救的本能。欧阳洪洪带其他犬训练的时候，也会把冰洁带出来放放风。听见冰洁在旁边叫，他就乐，这个“老干部”总想参加训练，它是闲不住的。看到欧阳洪洪扔球，冰洁也想去衔去抢；欧阳洪洪给新犬训练服从和箱体搜救，冰洁也总抢在前面示范。

骨子里，冰洁还是一个老兵。

欧阳洪洪已经陪伴冰洁一程了，他还要继续陪伴下去。

南京消防对于搜救犬一以贯之的政策是管到底，管它一辈子。冰洁退役时，在办理了搜救犬退役的相关手续后，班长欧阳担当领养人，并与南京消防支队签定了领养冰洁的协议。欧阳洪洪仍是在职消防员，而且他是搜救犬冰洁最亲的人，欧阳洪洪的心愿，就是能就近照顾这只功勋犬。

留队，是搜救犬的另一种养老方式。

在很多人看来，冰洁日见衰老，雄风不在，不如把它送走，管吃管喝就可以了。只有欧阳洪洪知道，如果说多年搜救犬的磨炼使这些狗狗有了英雄气质，那么这些狗狗对这个群体也有了认同，它们非常珍惜已经融入自身的搜救犬印记。冰洁是个消防老兵，老兵有自己的尊严，最后的尊严。

留在南京消防搜救犬站养老，也许不像沈虎跟着沈鹏回地方，可以享受老百姓的生活，享受无微不至的照顾。可是，欧阳洪洪深信，冰洁是有野性的，它需要像老兵那样，站在搜救犬的队列之中，能看到依然穿着消防服的主人，能看到喊声震天的训练场，能感受到搜救犬群体的战斗气氛。

欧阳洪洪和沈鹏一样，都是爱自己的狗狗的，他遵从搜救犬的天性，绝不冷落冰洁，给它以精神的抚慰。冰洁的“老干部”范儿虽然让欧阳洪洪感觉特别好笑，但他能体悟到，冰洁离不开这个战斗集体，它这个消防老兵的晚年，需要训导员继续训导。

接下来，欧阳洪洪的态度有了变化，既然冰洁不参加训练，他就改掉了紧张的口令，换以平和的口吻了。他留意着冰洁的状态，训练场上一旦热闹起来，冰洁在犬舍里就很焦虑，神情透露着强烈的参与意愿。

作为冰洁的训导员，欧阳洪洪一直穿着消防制服，当班长，带新人，从来没有离开过它。无论工作再忙，欧阳洪洪都会抽时间去探望冰洁，雷打不动。如果他有事外出，会反复叮嘱年轻队友去照顾它：“你们要注意，冰洁的肾脏不好，有点儿咳嗽，要多给它喝水，定期检查身体。”

冰洁在队里，就是一面旗帜，一个老将。

无疑，冰洁退役了，养老了，在搜救犬站，每天就是散散步，晒晒太阳，但一有机会，欧阳洪洪还是会让它动起来。

几乎每个夏天，南京市消防搜救犬站都会迎来一批小朋友，他们利用暑假时间前来参观学习，了解消防知识。

欧阳洪洪带冰洁参加过多次夏令营活动。冰洁作为“老干部”，听力虽然下降了，但还是能看到欧阳洪洪对它挥手示意。有些高难度的训练科目冰洁是做不起来了，但它能做一些简单的动作，像曲腿、卧下等，这让冰洁找回了一些青春的感觉。

主人既然厚爱，冰洁也就心安理得地享受着衣食住行有人照顾的“老干部”待遇。欧阳洪洪如果有空，就亲自照料冰洁，和它聊聊天；欧阳洪洪如果有事，就安排其他战友悉心地照顾一下它。

这天早上八点多钟，新训导员小丁受欧阳洪洪的委托正在给冰洁喂食，忽然他发现冰洁走路东倒西歪的，眼神迷离，然后就像喝醉酒一样站不起来了，他赶紧打电话向欧阳洪洪汇报。

那时，欧阳洪洪正在训练场上操课，一听说冰洁倒下了，立刻放下手上的一切，赶到犬舍，和小丁一起送冰洁去医院。

欧阳洪洪抱着冰洁一路小跑，边跑边叫小丁扶住冰洁的脑袋。冰洁的眼睛已经失去了往日的神采，眼皮一跳一跳的，可怜而无助。

“冰洁，你要好好的啊！”

欧阳洪洪不敢细想，脑海里不时闪现出队里一些老狗临终时的画面，似乎都是前些天走路没劲，耷拉着脑袋晃晃悠悠，突然就毫无征兆地倒在地上，失去了生命体征，只留下训导员在它的身旁涕泪横流。

“冰洁,你要坚持住!”

欧阳洪洪仿佛抱着自己病危的亲人,忐忑不安的,他在心里默默地祈祷:千万不要,不要是冰洁生命的最后一刻……

到了南京消防搜救犬培训基地医院,他们将冰洁放到了病床上。医生在仔细地检查了冰洁的身体后,最终确诊它得的是前庭神经炎。

“你看它眼睛一跳一跳的,其实是神经问题,并没有危及生命。这只狗年纪大了,吃药会给它的肾脏带来极大的负担,利弊不好说。它的时间可能不久了,对它好一点儿吧!”这是医生给欧阳洪洪最后的建议。

医生说的话,欧阳洪洪都用本子记下了。搜救犬高强度救援后带来的身体疼痛,只有训导员在每天的精心照料中才能感受得到那份脆弱:食物要用牛奶泡软,药物要定时涂抹,甚至要服用一些止疼药。

2021年4月12日,湖南电视台《天天向上》栏目准备做一期名叫“汪汪打工队”的节目,特邀南京消防搜救犬站的搜救犬冰洁和它的训导员欧阳洪洪来参加。

他们出发前,欧阳洪洪给冰洁洗了个热水澡。从南京坐车到长沙,晕车加上搜救时留下的伤病,让冰洁不能长久站立,它是被欧阳洪洪抱着出场的。主持人告诉观众,这是一只参加汶川大地震救援的功勋犬。

采访环节，欧阳洪洪讲述了与冰洁相处的感人瞬间。

欧阳洪洪告诉大家，冰洁已经14岁了，相当于一个90多岁的老人，就像一个打过仗、负过伤的老兵。对于其他人来说，冰洁是参与过汶川地震救援并救出十三人的功勋犬，但对于训导员欧阳洪洪来说，无关荣誉，冰洁只是陪伴了他十四年的熟悉战友，也是他最亲的家人。

当初南京消防参与汶川地震救援时，一共去了四名训导员、六只搜救犬。其中有三只搜救犬因为救援受伤，身体机能衰弱，年纪慢慢大了，最终离开了我们，一只搜救犬在2017年的一次救援中不幸牺牲了；还有一只就是沈虎，跟随退役的训导员沈鹏一起退役，2019年去世；目前留在南京消防的，就只剩下冰洁了。

欧阳洪洪说，在汶川地震救援期间，冰洁的左后腿受了伤，心肺功能受损，已经是一只年老多病的搜救犬了。

欧阳洪洪带冰洁上节目，是想留下和它的记忆。

“小小的身躯，大大的功劳！”

“看着哭，哭着看！谢谢汪汪汪！”

网友们纷纷刷屏，在这一档节目的留言栏里留言和送花：为汶川地震救援的最后一只搜救犬冰洁点赞，也为守护它的消防员欧阳洪洪点赞。

岁月无情，虽然欧阳洪洪和搜救犬站的队友们都对冰洁倾注了很多的爱，但它的衰老，谁都没有办法阻止。

大热天，南京消防救援支队政委来检查工作，他专门来到犬舍，看望一众搜救犬，尤其是这只搜救犬老英雄冰洁。

有些犯困的冰洁爱答不理的。

欧阳洪洪给政委敬了个礼。

“冰洁，政委来看你啦！”

主人的尊敬，让冰洁收敛了一些霸气，它慢慢地立起身，依偎着欧阳不肯挪开，好在政委并不在意。

“欧阳，冰洁就认你！”

欧阳洪洪不好意思地挠挠头。

“这就对了，冰洁和你亲，就像沈虎和沈鹏亲。说明什么？说明我们的训导员尽心了，而且训练有方，这才正常嘛！”

冰洁并不知道，政委为它想得很细。

南京的盛夏像个火炉，考虑到冰洁的特殊情况，支队批准搜救犬站买一个能降温的冰床，让它好好地过夏天。

端午节的时候，周宁博还专门煮了艾蒿水，倒进大盆里给冰洁洗澡，杜旭斌给冰洁和夏天的犬舍里安装了遮阳网。

吴杰敏、蒋龙伟和新训导员都会在欧阳洪洪有事时顶班，轮流当冰洁的“护工”，他们还会把自己的犬带过来，看看老英雄冰洁。

冰洁退役后还待在老单位搜救犬站，平时可以悠闲地吃吃睡睡，想散步的时候就去遛遛，大多数时候，它会趴在地上晒太阳，看后辈们在操场上练它练过的课目。少有成就，老有所养，圆满的人生不过如此啊！

8月底，欧阳洪洪作为助训，随江苏消防代表队奔赴云南，参加全国消防搜救犬大赛。因为比赛场地在高原，所以他们要提前一个月过去熟悉场地。欧阳洪洪走之前，和留守的训导员做了交代，但他仍不放心，又来到犬舍，打饭，喂饭，和冰洁说了说话。

冰洁胃口不好，提不起劲儿。它半闭着眼，扫了扫欧阳洪洪端来的饭菜，一点儿没吃，只望着主人摇了摇尾巴。青壮年时的冰洁可不是这样，吃什么都香，尤其是欧阳洪洪带来的肉，嚼起来津津有味的。

欧阳洪洪无奈地抚摸着冰洁说："冰洁，你要乖乖地等我回来啊！"

10月2日那天，江苏消防代表队比赛结束后，就开车往回赶，因为取得了团体第五名的好成绩，一路上车里笑声朗朗。路过高速公路的服务区，给汽车加了个油，刚要出发，欧阳洪洪就接到了一个电话，说冰洁去世了。

欧阳洪洪一下子就蒙了，他根本不能接受。

欧阳洪洪在电话里对留守的训导员小丁说："你带它去医院看看。"

小丁说:“已经没有呼吸了。”

欧阳洪洪说:“你再带它去医院抢救一下,看能不能来得及。”

小丁说:“已经跟副队长汇报了,他也过来看过了。冰洁的舌头已经吐出来了,一动不动,胸部没有起伏,眼睛也闭着了。”

欧阳洪洪还是难以置信,他坚持让小丁带冰洁去医院看看,再确定一下。他还自己打电话问医生,医生也确定冰洁去世了。其实各方面的检查都做过了,冰洁是真的走了,只是欧阳洪洪感情上接受不了。

其实前一天,冰洁的精神状态就不大对头,小丁和副队长见状,赶紧把它送到了医院。医生在给冰洁做了全身检查后,发现它的脊椎被压住了,判断是老年病并发症。当时医生直接就说,冰洁可能挺不过这个冬天了。

从医院回来后,小丁给冰洁喂了一些药,没想到它的状态又变好了。欧阳洪洪走之前,冰洁是站不起来的,吃完药后,它居然能站起来了。小丁赶紧拍下冰洁站起来的小视频,发给了欧阳洪洪。欧阳洪洪看后想:那还来得及。我回南京多照顾它,想更多的办法延续它的生命,能延迟一点是一点嘛!

这样想着,欧阳洪洪就放心些了。

所以第二天听到冰洁去世的消息,欧阳洪洪的脑子有些转不过弯来:医生不是说还有一些时间吗?

那天从云南回江苏，蒋龙伟和欧阳洪洪一路上分析着比赛，非常开心。可当欧阳洪洪接到电话，说冰洁去世了，那一刻，车里欢快的气氛一下子就被哀伤给替代了。

时间很残酷。蒋龙伟记得清楚，见到冰洁的第一年，它挺活泼的，别人训练的时候，它在一旁开开心心地玩抛球；第三年，冰洁听得懂口令了，还能在鱼塘里游泳；后来，冰洁因为腿有伤病，就不怎么愿意动了，但只要训导员来看它，它就把脑袋一偏，躺在训导员的手上，一副很享受的样子。

冰洁是欧阳洪洪的，也是大家的。

在南京消防搜救犬站，从站领导到所有训导员，都照顾过冰洁，也都听过欧阳洪洪的提醒："给冰洁的食物要软一点儿，鸡蛋和肉都要碾碎，还要加白菜和钙片。"

冰洁在所有人的心里都是一个英雄。

"冰洁真的没呼吸了吗？"

欧阳洪洪带着哭腔说："它走了，走了……"

一向内敛的欧阳洪洪，任泪水在脸上流淌。

带队的站长叶勤一知道这个消息后，赶紧安排其他人开车，把欧阳洪洪换下来休息。有人想劝劝，却不知从哪里说起。

叶站长说："说什么话都没用，不如让欧阳一个人静静吧！"

车窗外的景色一晃而过，往事如一幅画卷迎面而来。

欧阳洪洪刚见到冰洁时，它只有十个月大，圆圆的，活蹦乱跳的。不论是训练，还是救灾，这么长时间，欧阳洪洪都没见过冰洁流泪，甚至都没见过它难过。只是它累的时候，懒得搭理人，但休息好了，精神就又足了。

欧阳洪洪意识到，虽然说是他这个训导员带冰洁，但冰洁回馈给他的，不只是依恋，还有情感上的慰藉。单纯、善良、善解人意、忠诚、无畏，这些冰洁的特点都刻在欧阳洪洪的心里。

所有的付出，都收获了无尽的爱。

最遗憾的是，欧阳洪洪没赶上见冰洁最后一面。

欧阳洪洪想问冰洁："你为什么不再等等我呢？"

也许冰洁也想问主人："你怎么还没回来呢？"

为迎接在全国比赛中获得佳绩的消防员们，南京消防举行了欢迎仪式并增加了一个环节，和英雄功勋犬冰洁告别。南京消防救援支队领导、历任消防搜救犬站主官和消防搜救犬站训导员们脱帽、敬礼、默哀，向冰洁致以消防救援队伍最高的礼仪。

会后，欧阳洪洪特意买了花，放在冰洁长眠的坟头。冰洁安息的地方，就在绿草覆盖的山坡上，它能时时看到训练场上的战友们。

站在这里，欧阳洪洪告诉自己，要接受这个事实，冰洁真的已经不在了。

当晚，欧阳洪洪睡不着，以为他的冰洁还在犬舍，就在那儿躺着。于是，他顺着走过无数次的路，慢慢地走向犬舍。好像冰洁还等在那儿,会陪在他身边。

他打开手机,看到了微信上滞后的悼文,他流着泪读给冰洁听:“2021 年 10 月 2 日 11 时 47 分,汶川地震救援的最后一只搜救犬冰洁离世了,当时的它已经 14 岁了,相当于 90 多岁高龄的老人。

“秋凉拂过心头,但冰洁曾带给大家的温暖与希望,如阳光般炽热。它的一生,用无言说出了大爱,用行动诠释了忠诚。

“亲爱的冰洁,如果你会说话,请告诉我,漫天飘零的梧桐叶,你乘哪一片去了。冰洁,一路走好!”

退役后回到成都的沈鹏,给欧阳洪洪发来了信息。欧阳洪洪知道沈鹏能理解他的悲伤,当时沈虎去世,沈鹏很伤心,欧阳洪洪也给他打了电话。沈鹏对欧阳洪洪说:“冰洁和沈虎一起去汪星球了,它们会继续好好生活的。”

兄弟

天刚蒙蒙亮，起床号就响了，搜救犬站训练场旁的犬舍顿时沸腾起来，身形各异的搜救犬响亮且急促地呼喊着它们的训导员。

迎着初升的霞光，口令声此起彼伏。

人与犬活跃在碧草如茵的训练场上。

功勋犬沈虎与冰洁没有离去。

在消防搜救犬站的一楼大厅里，沈虎的雕像虎虎生威，它抬头挺胸，看着身边来来去去的消防员与搜救犬。

雪白的墙壁上，挂了一排训导员和搜救犬日常训练的照片。戴着安全帽的消防员欧阳洪洪，把史宾格犬冰洁高高举起，并与它目光对视。

蒋龙伟带的一只耳的大毛已经 7 岁了，也是一只面临退役的老搜救犬，即将步入冰洁那样的退休养老时光。蒋龙伟要像欧阳班长那样，和大毛建立领养关系，帮助大毛度过寂寞的暮年时光。

蒋龙伟还带了一只新马犬，为它起名叫齐天，希望它能像齐天大圣孙悟空那样掌握七十二种本领，为消防救援再立战功。

欧阳洪洪带搜救犬夏天训练时一点儿也不含糊，与带晚年的冰洁完全相反，一个动作让它翻来覆去地练，直到熟能生巧，因为它年轻！

天边从昏暗到泛白，欧阳洪洪潜藏于身的生物钟很准时，促使他配合狗狗的作息习惯早早起床，到狗舍去给夏天喂食，并带它锻炼。

包括夏天在内的搜救犬们一顿饭的标准是三十元，食谱都由营养师搭配，不仅有新鲜的牛肉，还有猪蹄、排骨、蔬菜汤等，超过了训导员的伙食标准。当然，训导员是绝对不会跟搜救犬攀比伙食的，甚至还有训导员怕搜救犬吃得不够好，自己掏钱给它们买零食吃。

欧阳洪洪还是会想起冰洁，他告诉新训导员，冰洁很聪明，它不仅会听你的指令，还能看出你的情绪。每次训练时，它都会看你的表情：你高兴的时候，身体是放松的，会散发出一种独特的气味；你不高兴的时候，身体会僵硬，呼吸会急促，这些细节它都能捕捉到。

可以说，狗比人更会“察言观色”。对外人的警惕，对主人的忠诚，两者相辅相成。谁对它好，它就对谁好，好就是一面镜子。你要狗狗爱你，你就要爱狗狗，将心比心，以心换心。

欧阳洪洪训犬的信心，来自于冰洁的成才。狗狗与人一样，都有最青春且最有学习能力的时候，训导员只有了解它们的心理特征，才能训练得法，将它们的潜能激发出来，把它们打造成令行禁止的消防战士。

当搜救犬掌握了服从、随行、前进等基本技能后，就要着手训练专业技能了。搜救犬之所以对消防援救非常重要，是因为它具有与生俱来的独特之处，能利用气味找寻人或物品。在遇到自然灾害或者意外灾害时，搜救犬可协助消防员，对区域失踪者和遇难者进行搜救。

搜救犬的专业课目训练包括扑咬、搜毒、搜爆、追踪、鉴别等，绝非一蹴而就。就说气味追踪的延时训练吧，必须找人迹罕至又环境复杂的场所来训练。有时候，为了模拟不同的灾后场景，消防员会带搜救犬住进模拟废弃建筑里或者搭帐篷露营，以让它们适应复杂的地形。

在消防搜救犬站，搜救犬就是一个"多兵种集合"，拉布拉多、马犬、德牧、史宾格……每个犬种都有自己擅长的地方：拉布拉多冷静，遇到大场面也能沉着应对；史宾格小巧，在一些废墟垮塌后的狭窄地段也能自由出入；马犬和德牧的体能没得说，抗压持续性强，像压不垮的大力士。

搜救犬喜欢游戏，所以训练项目时常是模拟游戏。有时天不亮，消防员就会起床，然后在漆黑的训练场旁藏好犬的"猎物"。起床号响后，消防员再领着搜救犬，引导它们辨别气味，沿路线找到藏匿地点。

藏的物品上,有时会有血。要想带出强健且聪明的搜救犬,训导员就要想尽各种招数。血迹追踪是要让犬闻血气,只是很难有血样可用,训导员就会抽上几管自己的血滴在物品上,供犬练习搜寻,这在搜救犬站是公开的秘密。搜救犬和训导员彼此关爱,难舍难分,组成了一个温暖的大家庭。

欧阳洪洪有时会怔怔地想:冰洁更像是自己的家人。欧阳洪洪 2013 年结婚,现在最大的孩子 8 岁,而他从冰洁 1 岁时就开始带它了,直到它离去,跟它在一起十四年,这个时间比他和家人相守的时间更长。很多时候,冰洁充当了多种角色,欧阳洪洪陪伴它,它也陪伴欧阳洪洪。

冰洁每次看到欧阳洪洪,都特别兴奋,哪怕受伤了,只要欧阳洪洪去看它,它就会很开心。欧阳洪洪有时情绪不好,但只要看到冰洁,就会被它的天真感染,不开心的事自然而然就放下了。

欧阳洪洪的妻子和孩子在中队住过,算是来队探亲,他们知道冰洁是欧阳洪洪带的犬,也知道冰洁是一只功勋犬。也许是受了欧阳洪洪的影响,他们每天醒来的第一件事就是去看狗狗冰洁:"你早啊! 亲爱的冰洁!"

因为是训导员的家属,所以他们第一次看到冰洁时一点儿也不害怕,都去摸它。冰洁也跟他们亲近,用鼻子碰他们。后来,欧阳洪洪每次跟他们视频，他们都要看冰洁。冰洁走后的很长一段时间，他都没将这个消息告诉孩子。孩子老问，冰洁现在去哪里了？他说，冰洁到很远的地方去了，很远很远。

冰洁和沈虎都是天使，回到天上去了。

人间的狗狗，救灾救人的搜救犬，让欧阳洪洪懂得了感恩。陪伴是相互的，学习是相互的，甚至训练也是相互的。欧阳洪洪和冰洁原本素不相识，后来在消防事业中携手并肩，融为一体，所以他们十倍、百倍地珍惜彼此。

欧阳洪洪和夏天，周宁博和无敌，杜旭斌和小五，吴杰敏和野狼，还有新人新犬组成的新搭档，在磨合中成为默契的一对对组合。

蒋龙伟带着齐天一起奔跑，大毛也一起跟随。新犬齐天与老犬大毛一前一后，蹦蹦跳跳，你追我赶。一人两犬在晨曦中留下了美好的剪影。

欧阳洪洪和消防员们最喜欢早晨，东方的天际霞光迸放，鲜红而温暖的太阳朝气蓬勃地冉冉升起。

在消防救援队伍里，搜救犬的故事说不完……

后记　谁是主角

消防员是主角。

搜救犬也是主角。

逆行的勇士,是人们对消防救援队伍的崇高赞许,也是“火焰蓝”事业的必然使命。搜救犬与消防员相向而行,共同奋斗在消防救援的最前线,成为灾区危难中的福星。

因为创作《永不言弃:消防英雄成长记》一书,我采访了全国英模人物丁良浩,对消防员从陌生到熟悉。采访时,我听说训导员沈鹏退役时把功勋犬沈虎带回家养老,这件事在网络上引发了热议。而丁良浩他们在汶川救援,也曾得益于搜救犬的示警。由此,我生出了写作的兴趣。

仙林是南京快速发展的一个新城区,有汇聚全国知名高校的大学城,也有吸纳著名高新企业的科创园。这次我采访的地点南京消防救援搜救犬站(2018 年 11 月消防援救队伍转隶,由武警现设序列改为消防救援国家队,南京消防搜救犬中队改为南京消防搜救犬站)就位于仙林大道旁一个不起眼的院落里,这是我第一次近距离地接触人与犬这个英雄群体。

提起消防员,人们都有深刻的印象:他们不是蜘蛛侠,却可以飞檐走壁；他们不是超人，但无惧火海和灾难。有消防救援队伍在，人民群众就感到心安，他们是很受尊敬的“定海神针”。消防员的最佳搭档是身手不凡的搜救犬，它们用敏锐的嗅觉与听觉拯救了无数生命。

如同每位训导员的性格和脾气都不一样，每只搜救犬的品种和特点也都不同，所以它们的训练内容和训练方式理当顺其自然，允许训导员扬长避短，用自己的方式去爱犬、训犬。

不过，乍一看是看不出区别的。清早，训导员们迎着晨风，一起给狗狗喂水喂饭，陪着狗狗在操场上奔跑、散步。傍晚，训导员们伴着霞光打扫犬舍，给狗狗冲水洗澡。平时，一个人一只犬，在泛绿的草地上奔跑、跳跃、翻滚，那画面就像一幅线条明快的油画。

搜救犬属于工作犬，与宠物犬大不相同。在突然降临的灾难现场，当普通人本能地撤退与躲避时，宠物犬可以随主人全身而退，它们的恐惧与畏缩令人怜惜。与之形成鲜明的对比，消防救援队伍因灾难而生，消防员和搜救犬都要逆行而上，哪里危险就奔向哪里。

因为消防员总是冲在前面，所以搜救犬也不会望风而逃。在这个勇敢前进的战斗集体里，每一只搜救犬都会跟着自己的主人，使出全部气力去救灾救人，顾不上自身的安危，把英雄的壮举当成必须履行的职责。

人与狗的相伴相依，漫长而悠久。记载于文字的故事，古今中外，不胜枚举。据说，搜救犬可以追溯到公元950年。

那是瑞士和意大利边境的一个修道院，一位修道士训练了一只狗，为了帮助救护在山区遭遇雪灾的人们，这只狗成为历史上第一只真正意义上的搜救犬。修道院在16世纪毁于火灾，因此失去了所有记录，其后三百年间，记载搜救犬们仅在该地区就挽救了二千五百多人的性命。

1800年至1810年，瑞士收容所有一只圣伯纳犬叫巴里，它死后的长达半个世纪，瑞士所有收容所里的犬都被叫做巴里犬。相传，巴里救了四十个人，当它要救第四十一个人时，被误认为是狼而遭到了杀害。

后来有人考证，巴里于1814年在瑞士伯尔尼因病被安乐死，至今当地自然历史博物馆仍保存着巴里的肖像。

一只搜救犬之所以被铭记，是人们的感恩。

在中国，养狗、爱狗的传统由来已久，狗救主人的事情也并不鲜见。只是，中国以前并没有专职的救援犬。

2001年4月27日，中国国家地震灾害紧急救援队成立，又名中国国际救援队。救援队员由中国人民解放军工程部队官兵、地震局专家、医疗救护人员组成，随后参照国际惯例，成立了搜索犬分队。搜索犬分队有十三只搜索犬，包括德国牧羊犬、加拿大拉布拉多犬和比利时牧羊犬，这些名犬在八个月大的时候就来到中国，成为中国的第一批搜救犬。

2003年2月24日，中国新疆喀什地区巴楚县发生强烈地震，十五个小时后，经过近两年训练的六只搜索犬奉命随队出征，帮助消防员出色地完成了搜索任务，这是中国首次利用搜索犬进行地震救援。

随着消防救援队伍建设的完善，对犬认知的提高，搜救犬使用范围随之扩大，成为消防救援不可缺少的部分。犬对人类的贡献，犬与人类的亲和关系，越来越被认可和接受。

在所有的工作犬中，搜救犬拥有仅次于警犬的职业特点，深受人们的尊敬和赞赏。只要经过专业的培训，它们就能由“小白”变成敏锐而精准的“搜索行家”。在救灾中投入搜救犬，被国际上普遍认为是搜救效果最好的“专业配置”，也是灾后现场最为行之有效的搜索方法。

训导员是从消防员中选拔出来的，他们在谈起自己的爱犬时都滔滔不绝的，每个人都有对于犬的丰富认知。他们告诉我，经科学研究发现，犬的神经系统很发达，有非凡的嗅觉、听觉与视觉。犬的鼻子里有二亿二千万个嗅觉细胞，是人嗅觉细胞的百万倍，能嗅出数万种气味；犬的听力是人的听力的十六倍，能在复杂的环境中辨别声音；犬的视觉更是厉害，具有在微弱光线下视物的超常能力。

搜救犬作为特殊的工作犬，除了具有自身的特性外，还有对主人的服从性、耐久性和关注力。它们能给消防员以回应，与消防员建立起相互信赖、共同承担的亲和关系。

用于灾难后搜救的生命探测仪等科技设备，对工作环境要求较高，且只能搜救有生命征兆的幸存者。经过训练的搜救犬，在各种灾难救援现场都能临危不惧，且能捕捉到空气中散发的细微的人体气味，引导消防员找到人体所在的方位，同时能判定出是幸存者还是遇难者。

因此，在火灾、地震、雪崩等灾难后，协助消防员寻找和搜救失踪的受难者，搜救犬的作用是无可替代的。

南京消防救援搜救犬站，是江苏消防救援总队唯一的搜救犬建制单位。2019 年，江苏消防救援总队荣记集体一等功，南京消防援犬站也有增光添彩的业绩。2021 年，南京消防救援搜救犬站荣记集体三等功，欧阳洪洪被评为“南京最美消防员”，搜救犬沈虎和冰洁被评为功勋犬。

冬去春来，他们陆陆续续地接受采访。

守护幸福与安宁的，有消防员，也有搜救犬，搜救犬也是消防员。搜救犬毕竟不是钢铁侠，它是怎样练就成英雄的?

我知道，没有哪一片树叶是相同的，每一只搜救犬都很特别，有自己独特的血统、脾气和性格。没有天生的消防员，也没有天生的功勋犬。搜救犬是一面镜子，有什么样的消防员，就有什么样的搜救犬。

于是，我追寻生活的本来样貌，写下消防员与搜救犬的真实经历。无论是人的世界，还是犬的天地，原本是两条不同的生命轨迹,偏偏就在消防救援这个点上,两条生命线有了交织,闪动着爱与生命的光。人与犬,一起训练,一起成长,一起踏上英雄之路。

为了让孩子们接受防灾减灾的安全教育,我们国家设立了相对固定的教育形式:全国中小学生安全教育日(每年 3 月最后一周的星期一),全国防灾减灾日(5 月 12 日),全国消防安全宣传教育日(11 月 9 日)。人民至上,生命至上,把百姓的安危放在第一位,是消防救援的主旨所在。防灾减灾是世界性课题,"平安中国"进校园,事关下一代的成长。

采访中,我思考了很多。人与犬的亲和关系,是搜救犬训练中时常提到的概念,体现着对生命的尊重。犬比人的生命短暂,在消防员眼里,犬不是冰冷的工具,不能功利地取舍,它们有灵性,有情感,有喜怒哀乐。尤其当它们老了,人更需要善待它们,否则难以心安。当消防员搂抱着搜救犬时,彼此尊重的爱,善始善终的爱,让我的眼睛湿润了……

欧阳洪洪和新老战友们,与搜救犬有缘相遇,有着从陌生、对立到相识、相知的心理历程。消防员的挚爱,搜救犬的回报,人与犬朝夕相处,亲如兄弟,凝结成坚韧的生命纽带。搜救犬与消防员一样,成为久经沙场的"老兵"。写他们的故事,既有英雄主义、集体主义,又有以命相托,生死与共,彰显了人与犬的美好感情和拯救生命于水火的高尚情操。

在此,感谢南京消防救援支队及江苏消防救援总队、南京市作家协会、南京市栖霞区委宣传部的支持；感谢著名儿童文学作家沈石溪、江苏省消防总队高级工程师姜波等行家的审读意见；感谢江苏凤凰出版传媒集团江苏凤凰教育出版社将该书列入出版计划；感谢南京消防救援支队提供图片；感谢“中国消防”公众号、南京消防救援支队、摄影师张大洪提供视频。

来自各方的热情帮助，都将铭刻在心。

当然，还要感谢我所写的这个英雄群体。

谢谢你，我们的消防员。

谢谢你，我们的搜救犬。

2022年4月三稿于南京

图书在版编目（CIP）数据

无言的战友：消防员与搜救犬 / 傅宁军著 . -- 南京：江苏凤凰教育出版社，2022.7

ISBN 978-7-5499-9988-0

Ⅰ . ①无… Ⅱ . ①傅… Ⅲ . ①报告文学 – 中国 – 当代 Ⅳ . ① I25

中国版本图书馆 CIP 数据核字 (2022) 第 091722 号

书　　名　无言的战友——消防员与搜救犬
著　　者　傅宁军
策划编辑　周敬芝　李明非
责任编辑　刘　芳
装帧设计　张金风
出版发行　江苏凤凰教育出版社（南京市湖南路 1 号 A 楼　邮编：210009）
苏教网址　http：// www.1088. com. cn
照　　排　江苏凤凰制版有限公司
印　　刷　苏州市越洋印刷有限公司
厂　　址　苏州市吴中区南官渡路 20 号，邮编：215104
开　　本　787 毫米 ×1092 毫米　1/16
印　　张　13.5
版　　次　2022 年 7 月第 1 版
印　　次　2022 年 7 月第 1 次印刷
书　　号　ISBN 978-7-5499-9988-0
定　　价　35.00 元
网店地址　http：// jsfhjycbs. tmall. com
公 众 号　江苏凤凰教育出版社（微信号：jsfhjy）
邮购电话　025-85406265，025-85400774
盗版举报　025-83658579

苏教版图书若有印装错误可向承印厂调换
提供盗版线索者给予重奖